逆境の時代を
生き抜く力

# 蘇軾《そしょく》

その詩と人生

海江田万里

出版芸術社

# 逆境の時代を生き抜く力◎蘇軾《そしょく》その詩と人生

# はじめに

人生において二度、三度と投獄、左遷、流刑を余儀なくされた北宋の詩人にして政治家でもあった蘇軾《そしょく》。私がこの人物に興味を持ったのは、二〇一四年八月、東京国立博物館の特別展『神品至宝・台湾故宮博物院』で蘇軾自筆の『黄州寒食詩巻《こうしゅうかんしょくしかん》』（朝政誹謗《ひぼう》の罪で黄州に流罪されたときの詩の巻物）を目のあたりにしたときでした。『詩巻』に書かれた蘇軾の文字は、私がそれまで見ていた、たとえば『漁父《ぎょほ》二首』の拓本の中の整った行書とはまるで異なった筆跡でした。最初は端正な行書で始まりますが、「寒食《かんしょく》の雨《あめ》」の詩（『詩巻』に収められた蘇軾の詩）を書き進むうちに、筆の運びや筆致が変化してきます。流刑地である黄《こう》州《しゅう》での厳しい生活を思い、文字の大小が不揃《ふぞろ》いになり、感情の昂《たかぶ》りがそのまま書に現れていたのです。

東京国立博物館で蘇軾の直筆を鑑賞し、大きな感動を受けたその日から、およそ四か月後に衆議院の解散・総選挙があり、私は落選の憂き目に遭いました。「サルは木から落ちてもサルだが、国会議員は選挙に落ちたらただの人」という有名な言葉がありますが、その辛さは実際に落選を経験した人でなければ分かりません。しばらくは何も手に付かず、茫然《ぼうぜん》自失の日々が続きました。そのとき、思い出したのが、四か月前に目にした『黄州寒食詩巻』の蘇軾の詩と直筆です。

蘇軾は、科挙《かきょ》の試験に優秀な成績で合格して、将来を嘱望されながら、宮廷内の権力争いに巻き込まれてしまいます。その後、左遷と流刑、そして復権を繰り返し、当時の中国で文明の果ての地とされた海南島《かいなんとう》に流罪になり、最後には赦《ゆる》されて内陸の地へ帰る旅の途中、六十六年の生涯を閉じます。

ちょうど、当時の私の年齢が蘇軾の没年と同じということもあり、蘇軾の生涯を調べようと資料を集め始めました。中国に住む友人に蘇軾に関する書籍の購入を依頼し、日本の関係図書も集め、メモを作りながら資料を読み込み、翌年の夏ごろから、一冊の本にすべく執筆を始めました。もちろん私自身、政治の世界と完全に縁を切ったわけではなく、選挙での雪辱を期しての毎日でしたから、筆は思うように進みませんでした。しかし、筆の運びは遅くとも、折に触れ蘇軾の作った詩を鑑賞し、歩んだ人生を辿《たど》ると、不思議なことに前向きに生きる力が湧いてくるのです。毎日、少しずつ執筆することが、当時の私の唯一の楽しみになっていました。

二〇一七年秋の総選挙で、私は幸い政界復帰を果たしましたが、そのため国会や地元での活動に忙殺され、蘇軾の本の執筆は中断することになりました。その後、私は古稀を迎えましたが、望んで復帰した政界も憂きこと、ままならぬことは多くあります。そんな中で、私の心の隅にあった「蘇軾の本を完成させなければならない」との思いがますます強くなりました。

そして二〇二〇年に入り、世界は新型コロナウイルスの脅威に曝《さら》されます。日本でも四月七日、「緊急事態宣言」が発せられ、人々は「自粛」生活を余儀なくされました。そのうえ、仕事を奪われ、収入がストップし、毎日の食費に事欠く人々も生まれています。また、ウイルスに感染し、入院や隔離された方、大切な家族や友人、知人の命を奪われた方もたくさんいます。

蘇軾が舌禍事件で囚人となった「御史台《ぎょしだい》の獄《ごく》」で味わった死の恐怖、黄州で耐えた生活の苦しみ、海南島で経験した孤独な日々など、蘇軾を苦しめた困難は現在の私たちが抱えるものとは、次元も内容も異なることは明らかです。しかし、これまで人類が経験したことのない、新型コロナウイルスとの闘いという新たな試練の渦中で、私たちが蘇軾の詩を読み、彼の人生を振り返ることは意味のあることではないでしょうか。蘇軾の詩と人生は、きっと私たちに困難な時代を明るく生き抜く知恵を授けてくれるはずです。そう考えて、筆を進めました。読者諸賢のご批判とご指導をいただきたいと思います。

なお、蘇軾は「蘇」が姓で「軾」が名。字《あざな》は「子瞻《しせん》」といいますが、「東坡居士《とうばこじ》」と自ら名のったので、「蘇東坡《そとうば》」とも呼ばれます。

二〇二〇年十月　吉日

海江田万里

目次

第三章
# 水光瀲灎晴方好
すいこうれんえんとして　はれてまさによし



第四章
# 飽得自家君莫管
じかをあかしうれば　きみかんするなかれ

## 終章

# 問汝平生功業《なんじに へいぜいのこうぎょうをとう》

(北京)
定州
黄河
登州
(蓬萊)
済州(済南)
密州
(諸城)
海州
開封
[汴州]
[南京]
(商邱)
徐州
楚州(淮安)
淮河
泗州
(盱眙)
揚州
潤州(鎮江)
潁州(阜陽)
長江
[金陵](南京)
常州
(蘇州)
湖州
杭州
銭塘江
黄州
(黄岡)
(武漢)
武昌
(鄂城)
筠州
(高安)
贛江
贛州
永州
(零陵)
大庾嶺
東江
広州
恵州(恵陽)
藤州
牂牁江
廉州
雷州
澄邁
瓊州
儋州[昌化]
海南島

蘇軾
関連地図
(　)内は今の地名、[　]内は宋代の別名、その他の地名はすべて宋代のもの。今の地名が宋代と同じ場合は注記しない。
長安
(西安)
成都
眉州
(眉山)

第一章

# 春宵一刻《しゅんしょういっこく》値千金《あたいせんきん》

# 一　三蘇の誕生

蘇軾《そしょく》の故郷である嘉州《かしゅう》眉山《びざん》（現在の四川省眉山県《しせんしょうびざんけん》）は四川省の西部の国境《くにざかい》に位置し、巨大な磨崖仏《まがいぶつ》で有名な楽山《らくさん》から程遠くない距離にあります。

四川《しせん》の名は、岷江《みんこう》、嘉陵江《かりょうこう》、沱江《だこう》、そして烏江《うこう》の四つの川に由来します。岷江が大渡河《だいとが》と合流し、川幅が広くなった地点が楽山《らくざん》で、その後、岷江は金沙江《きんさこう》と合流して長江《ちょうこう》となります。

華人の文学者であり、欧米に中国文化を紹介した林語堂《りんごどう》の名著『蘇東坡伝《そとうばでん》』（原題は『陽気な天才』英文）は、十二世紀の詩人の描写を借りて、当時の眉山の様子をこう紹介しています。「眉山《びざん》の城市《まち》の街道は掃除が行き届いていて、五月、六月には蓮の花が街中に咲き誇る。街にとっては、蓮の花を近郊の村々に売りさばくことが商売の中心になっていて、城市《まち》には蓮の花の香りが漂い、何とも言えない優雅さを感じることができる。」

蘇軾が父、蘇洵《そじゅん》の次男として生まれたのは、宋《そう》の仁宗《じんそう》皇帝（注①）の景祐《けいゆう》三年十二月十九日（一〇三七年一月八日）のことでした。蘇軾の兄にあたる長男は夭折《ようせつ》したため、蘇軾は事実上の長男として育てられました。

ところで、中国の年齢の数え方は、いわゆる「数え年」です。蘇軾が誕生したのは十二月十九日で、当時の一か月は三十日（二十九日）でしたから、生まれてからわずか十日あまりで、新年を迎えて二歳になります。蘇軾の年齢に関しては、本書では、当時の慣例に従って「数え年」で記述しますから、現代の満年齢とは違うことをご承知おきいただきたく思います。また月の記述も旧暦（月の運行に基づいた太陰暦）であることにご注意ください。

さらに、旧暦（太陰暦）では、一年は大の月（三十日）が六か月、小の月（二十九日）が六か月で、合計すると三百五十四日となり、太陽暦の一年と比べて十一日も短くなります。そこで約三年に一度、閏月《うるうづき》を置くこととなり、その関係で、本書に書かれた西暦の年は、宋の時代における元号の年と完全に一致するものではありません。その点も最初にお断りしておきます。

蘇軾の家は代々四川の特産品である絹の売買を通じて、裕福な暮らしをしていたと記録にあります。父の蘇洵は、長男の蘇軾、次男の蘇轍《そてつ》と並んで三蘇《さんそ》と称され、三人はともに「唐《とう》宋八大家《そうはちたいか》」（注②）に数えられるほどで、多くの書物を読み、詩や文章に明るい「文人《ぶんじん》」として高名ですが、元々、家の商売にはあまり熱心ではなかったと思われます。しかし、祖先の残してくれた資産もあったため、蘇家は日々の暮らしに困らないどころか、かなり豊かな生活をしていたことがうかがえます。

蘇軾の家族関係を知るうえで、際立っているのは蘇軾と三歳違いの弟蘇轍との兄弟愛でしょう。蘇軾の字《あざな》は子瞻《しせん》、蘇轍の字《あざな》は子由《しゆう》で、二人は、同時に科挙《かきょ》（官僚登用試験）の試験を受けて合格しています。蘇軾二十二歳、蘇轍十九歳のときですから、弟の蘇轍も兄に負けず劣らず優秀な人物であったことは確かです。

蘇軾の作品を一瞥《いちべつ》すると「子由《しゆう》に和《わ》す」の詩が多いことがよく分かります。一緒にいたときも離れ離れになったときも、兄弟で詩の交換を頻繁に行なっていたのです。一般に詩の交換を行なう際は「和韻《わいん》」といって最初の人が使った韻を踏まえ、次の人がその韻に合わせて新しい詩を作ります。

「和韻」には「次韻《じいん》」「依韻《いいん》」「用韻《よういん》」の三種があり、「次韻」は前者が使った韻脚（韻を踏んだ文字）を、そのまま順序も違えずに当てはめて詩を作り、「依韻」は前者が使った韻をそのまま使わずに、同じ韻を持つグループ内の文字を使って作る方法です。「用韻」は前者の韻の文字をそのまま使いますが、順番は異なった作詩方法を指します。

蘇軾の初期の名作といわれている詩『和子由澠池懐旧（子由《しゆう》の澠池《べんち》懐旧《かいきゅう》に和《わ》する）』は父と兄弟の三人で、かつて故郷から京師《みやこ》（天子のいる都）の開封《かいほう》（汴京《べんけい》）に旅したときの回想を詠《うた》ったもの。このとき弟の蘇轍が詩『懐澠池寄子瞻兄（澠池《べんち》を懐《なつか》しみ子瞻兄《しせんあに》に寄《よ》せる）』を詠《よ》み、その詩の韻《いん》を踏まえて、蘇軾が弟に送ったのです。

和子由澠池懐舊

人生到處知何似
應似飛鴻踏雪泥
泥上偶然留指爪
鴻飛那復計東西
老僧已死成新塔

子由《しゆう》の澠池《べんち》懐旧《かいきゅう》に和《わ》する

人生《じんせい》　到《いた》る処《ところ》　知《し》んぬ　何《なに》にか似《に》たる
応《まさ》に似《に》たるべし　飛鴻《ひこう》の雪泥《せつでい》を踏《ふ》むに
泥上《でいじょう》に　偶然《ぐうぜん》　指爪《しそう》を留《とど》めしも
鴻《こう》飛《と》んでは　那《な》んぞ復《また》　東西《とうざい》を計《はか》らん
老僧《ろうそう》　已《すで》に死《し》して　新《あたら》しき塔《とう》と成《な》る

壊壁無由見舊題
往日崎嶇還記否
路長人困蹇驢嘶

壊《くず》れたる壁《かべ》には　旧題《きゅうだい》を見《み》るに由無《よしな》し
往日《おうじつ》の崎嶇《きく》たるを　還記《なおき》するや否《いな》や
路《みち》は長《なが》く　人《ひと》は困《こん》じて　蹇驢《けんろ》は嘶《いなな》けるや

人生の離合はいったい何に似ているだろう
大きな水鳥がたまたま雪の泥を踏んで
そこに偶然　指と爪の跡を残したとしても
水鳥はいったん飛び立てば　東へ行ったのか西へ飛んだのかもわからない
年老いた僧は　すでに亡くなって今は石塔が立っているだけだ
壁は崩れてしまって　兄弟二人で書いた文字も探すすべはない
あのときの苦しかった道のりを　君はまだおぼえているだろうか
道の遠さ　人の疲れ　しきりと驢《ろ》馬《ば》がいないていたことを

ここでは子由の元の詩を紹介しませんが、第二句の「泥《デイ》」、第四句の「西《セイ》」、第六句の「題《ダイ》」、最後の句の「嘶《セイ》」と、いずれも子由の詩の韻脚（句の末に用いる韻）をそのまま同じ順番で使っていますから「次韻《じいん》」ということになります。

さて、次の詞《ツー》は、中秋の名月の折に弟の蘇轍を思い出して作った詞《ツー》です。蘇軾が杭州《こうしゅう》の通判（副知事）から密州《みつしゅう》の太守（郡の長官）に転任したころですから、年齢でいえば四十代で、官僚としても詩人としても、まさに脂が乗り切った時代の作品です。

水調歌頭

丙辰中秋　歡飲達旦
大醉作此篇　兼懐子由

明月幾時有
把酒問青天
不知天上宮闕
今夕是何年

水調歌頭《すいちょうかとう》

丙辰《へいしん》の中秋《ちゅうしゅう》　歓飲《かんいん》して旦《あした》に達《いた》り
大酔《たいすい》して此《こ》の篇《へん》を作《つく》り　兼《か》ねて子由《しゆう》を懐《おも》う

明月《めいげつ》　幾時《いつ》より有《あ》る
酒《さけ》を把《と》りて　青天《せいてん》に問《と》う
知《し》らず　天上《てんじょう》の　宮闕《きゅうけつ》には
是《これ》　今夕《こんゆう》は　何《なん》の年《とし》なるかを

我欲乘風歸去
惟恐瓊樓玉宇
高處不勝寒
起舞弄清影
何似在人間
轉朱閣
低綺戸
照無眠
不應有恨
何事長向別時圓
人有悲歡離合
月有陰晴圓缺
此事古難全
但願人長久
千里共嬋娟

我《われ》　風《かぜ》に乗《じょう》じて　帰《かえ》り去《さ》らんと欲《ほっ》するも
惟恐《ただおそ》る　瓊楼玉宇《けいろうぎょくう》の
高《たか》き処《ところ》　寒《かん》に勝《た》えざらんことを
起《た》ちて舞《ま》い　清影《せいえい》を弄《ろう》ずれば
何《なん》ぞ似《に》ん　人間《じんかん》に在《あ》るを
朱閣《しゅかく》に転《てん》じ
綺戸《きこ》に低《た》れ
眠《ねむ》り無《な》きを照《て》らす
応《まさ》に　恨《こん》は有《あ》るべからざるに
何事《なにごと》ぞ　長《とこしえ》に別時《べつじ》に向《お》いて円《まどか》なるを
人《ひと》には　悲歓《ひかん》　離合《りごう》有《あ》り
月《つき》には　陰晴《いんせい》　円欠《えんけつ》有《あ》り
此《こ》の事《こと》　古《いにしえ》より　全《まっとう》し難《がた》し
但《ただ》　願《ねが》わくは人《ひと》の長久《ちょうきゅう》を
千里《せんり》　嬋娟《せんけん》を共《とも》にせんことを

こんなに明るい月は何時《いつ》から有ったのだろうか
盃を手に取って　天に向かって問うてみる
地上の中秋は天上では
今夕は一体いつなのかとも聞いてみるが答えはない
私が仙人であったなら　風に乗り天上の宮殿に帰りたい
あの美しい玉《ぎょく》に飾られた宮殿は
天の高いところにあるので　その寒さには耐えられないだろう
起ち上がって舞えば　その清い影が映り
とてもこの世のものとは思われない
朱塗りの館は月の光に輝き
月の光は美しい部屋の中に差し込み
眠れないでいる人を照らすだろう
月に恨みがあるはずもない
しかし　どうして長く別れているときに満月になるのだろう

人には悲しいときも　うれしいときもある　別れや邂逅《かいこう》もある
月にも晴れや曇りの日もあるし　満月や新月のときもある
全てが上手くいくというのは古《いにしえ》より難しいことだ
そうであるなら　愛する人が元気で長生きをして
遠く離れていても　この月を一緒に愛《め》でたいと思うだけだ

この詞の最後の句
但願人長久　　但《ただ》願《ねが》わくは人《ひと》の長久《ちょうきゅう》を
千里共嬋娟　　千里《せんり》嬋娟《せんけん》を共《とも》にせんことを
は、現代中国においても有名な句で、中国とも関係の深い自由民主党の二階俊博幹事長が、この句を揮毫《きごう》した色紙を見たことがあります。

嬋娟《せんけん》とは女性の美しい姿を指しますが、ここでは名月を意味します。人は月を見ると何故か、心の中に在る人を想うものです。この詩は、蘇軾が、恋しい女性を想って作った詩と誤解されがちですが、詩の前書きにもあるように、ここで詠《うた》われた「人長久」の「人」は、妻や恋しい異性の意味ではなく、また人類一般でもありません。遠く離れた弟が、この名月を一緒に眺めているであろうことを思い、彼が元気で長生きすることを願っているのです。

すでに気付かれた読者もいると思いますが、これまでに私は「詩《し》」と「詞《ツー》」、二つの文字を使い分けています。本来「詩」と「詞」は異なったジャンルの韻文《いんぶん》です。「詩《し》」は、狭義には唐の時代に絶頂期を迎えた五言絶句、七言律詩などに代表される定型の韻文で、四句の「絶句」、六句の「律詩」のほかに句数が自由な「古詩」があります。また、広義にはあらゆる韻文を「詩」と呼ぶことがあります。

一方、「詞《ツー》」は「うた」「こうた」などと訳され、日本でいう歌詞と考えればいいでしょう。まず、曲（メロディー）があり、その曲にあった「詞」を作ります。あるいは、人々に歌われることを前提に「詞」を作ります。

ここで紹介した「明月幾時有……」の詞《ツー》には『水調歌頭《すいちょうかとう》』とタイトルがついていますが、これは詞の内容とは関係なく、曲の名前で、これを「詞牌《しはい》」と呼んで詩の題とは区別しています。「詞《ツー》」が全盛を極めたのは宋の時代ですが、唐の時代にも「詞《ツー》」は存在しましたし、その後の五代十国の時代にも流行しました。

＊　＊

父の蘇洵と子息の蘇軾の関係に触れてみます。父も「唐宋八大家」の一人に数えられるほどの知識人ですから、蘇軾の人格形成や、彼が文学的な素養を身につけるにあたって、父から受けた影響が大きなものであったことは容易に想像がつきます。蘇家はもともと、商人の家柄だった関係で、父蘇洵の青年時代は読書の経験にも乏しく、詩作の手ほどきもほとんど受けてこなかったと推察されます。しかし、彼は二十代も半ばを過ぎてから俄然、向学の精神に燃え、読書に励み、詩作に耽《ふけ》ったのです。周囲の人々は、彼の変心ぶりに大いに驚いたことでしょう。とはいえ、もともと寡黙で思慮深く、当時の政治にも自分の考えをしっかり持った人物であったことは知られていました。

そして彼は、蘇軾、蘇轍が幼いうちから、二人の男の子が将来、官途につくことを何より希望して、私塾に通わせるなど教育熱心でした。当時の眉山の城市《まち》の私塾には、百名以上の子どもたちが通っていたとの記録があります。宋の時代は全体として教育が盛んで、地方都市の眉山でも、それだけの数の子どもたちを私塾に通わすことができるほど、経済的な豊かさを備えていたと理解できます。

父の蘇洵は特に、当時の宋で流行していた華麗な文章に抵抗感を抱き、「文章は純朴であらねばならない」と主張していました。もちろん蘇軾の書く文章にも「華美に流れることなく純朴であるべし」と厳しくしつけました。のちに、蘇軾が科挙の試験を受験した際、優秀な成績をおさめることができたのも、蘇軾の飾らない朴訥《ぼくとつ》な文章が、首席試験官であった欧《おう》陽脩《ようしゅう》（注③）の目に留まったからであったと考えられます。

また、蘇洵は、蘇軾が私塾に通って将来の科挙の試験に対して準備を始めたころ、自身の科挙試験受験のため京師《みやこ》の開封に赴いています。二十七歳の受験生でしたが、勉学を志してからまだ日も浅かったことから試験の結果は当然、不合格でした。その後、受験に失敗して心に受けた傷を癒《いや》すためでしょうか、長江流域、淮河《わいが》流域の街や名所旧跡を二年間、訪ね歩いています。

故郷に妻と受験勉強に励む二人の子どもを残して、一人で気ままな旅ですから、現在なら「ネグレクト＝父親放棄」と、社会の指弾を浴びてもおかしくない行動ですが、大店《おおだな》の跡取りにありがちな放蕩《ほうとう》心も手伝ってのことでしょう。

そして、蘇洵が家に子どもを残して二年間も漫遊の旅に出られたのは、家庭を守る妻、つまり蘇軾と蘇轍の賢母がいたからです。母親の実家は程《てい》家といって、この地方では名の通った教育一家でした。程家では、蘇家とのあいだで娘の婚姻話が持ち上がった際に、蘇洵が学問を志す前のことでしたから「あんな教養のない漢《おとこ》に娘をやれるか」と反対の声があがったそうです。蘇洵は二十代の後半に、突然、勉学に励み出したと前述しましたが、程家の娘と結婚する際、程家の親に「これから一生懸命勉強する」と約束したのかも知れません。

二人の子どもに対する賢母の教育内容を、ここでは細かく書く紙幅はありませんが、『宋史・蘇軾伝』によれば、歴史教育、中でも『後漢書《ごかんじょ》』（中国史の中で「後漢《ごかん》（二五年〜二二〇年）」について書かれた歴史書）をテキストにして、王朝が滅びるときの忠臣の生き方を子どもに学ばせたとの記録があります。

この賢母の死去は仁宗皇帝の嘉祐《かゆう》二年（一〇五七年）ですから、蘇軾がまさに狭き門をくぐり抜けて科挙に合格した年です。母親にとって、子どもの成功にまさる喜びはありませんが、蘇軾の場合、この年の三月に合格し、中央官僚の一員になったことを母に伝える暇《いとま》もなく、その四月に母逝去の知らせを受けたのでした。役所に服喪の届けを出さなければ故郷に帰れません。

「科挙合格の知らせを真っ先に知らせたかった母親がこの世にいない……」。蘇軾と蘇轍は深い悲しみを胸に、帰郷したことと思われます。思うに、二人にとってさらに口惜《くや》しかったのは、兄弟揃《そろ》って最難関の登竜門を登り切ったことを母は知らずに旅立ったのではないかということです。今のようにＳＮＳの「ライン」で結ばれることもなかったわけですから、京師《みやこ》での二人の科挙合格の知らせが郷里の母のもとに届く前に、母は鬼籍に入った可能性があります。蘇軾にとって最大の親孝行のチャンスを失って、彼の悲しみは二重になったはずです。

＊　　＊

蘇軾の妻についても触れておきましょう。

先ほど紹介した林語堂の『蘇東坡伝』によれば、蘇軾は少年時代、父方の従妹《いとこ》が好きだったとのことですが、二人のあいだにどんな交流があったかについては触れられていません。当時の中国では（現在でも）「同姓嫁《どうせいか》せず」といって、父方の従妹との結婚は厳に禁止されていました。母方の従妹との結婚は、この限りではなかったのです。

至和《しわ》元年（一〇五四年）、蘇軾は王家の娘、弗《ふつ》を娶《めと》ることになりました。新郎十九歳、花嫁は十六歳でしたが、現在の齢《とし》でいえば十七歳の花婿と十四〜十五歳の花嫁です。

いくら昔の中国の話でも「ずいぶん若い者同士の結婚だな」という感想をいだく読者も多いのではないでしょうか。「せめて科挙の試験に合格し、晴れて任官してからでもよさそうなものを……」と私も最初は思いましたが、のちに、蘇軾の若い年齢での結婚について、両親の次のような考えがあったと知りました。

思春期の青年にとって、異性に対する関心が昂《たか》まることは、自然の成り行きです。蘇軾といえども朴念仁《ぼくねんじん》ではなく、やはり異性に対する関心は人並みに持っていたはずです。従妹に関心を抱いたのもその表れでしょう。そこで両親は、蘇軾の異性に対する関心が大きくなって、大事な科挙の試験に悪影響を及ぼしてはならないと考え、早めの結婚を決めてしまったのです。

こののち、蘇軾と弗の結婚生活はおよそ十年にわたります。その間に長男の邁《まい》をもうけていますが、妻の王弗《おうふつ》は治平《ちへい》二年（一〇六五年）五月に病気で亡くなります。

妻の死後、十年経った熙寧《きねい》八年（一〇七五年）、蘇軾は亡き妻を偲《しの》ぶ詞を作っています。

江城子

乙卯正月二十日夜　記夢

十年生死兩茫茫
不思量
自難忘
千里孤墳
無處話凄涼
縱使相逢應不識
塵滿面
鬢如霜
夜來幽夢忽還鄉
小軒窗
正梳妝

江城子《こうじょうし》

乙卯《いつぼう》　正月二十日夜《しょうがつにじゅうにちよる》　夢《ゆめ》を記《き》す

十年《じゅうねん》　生死《せいし》　両《ふた》つながら茫茫《ぼうぼう》
思量《しりょう》せざれども
自《おの》ずから忘《わす》れ難《がた》し
千里《せんり》の孤墳《こふん》
凄涼《せいりょう》を話《はな》す処《ところ》無《な》し
縦使《たとえ》　相逢《あいあ》いても　応《まさ》に識《し》らざるべし
塵《ちり》　面《おも》に満《み》ち
鬢《びん》　霜《しも》の如《ごと》し
夜来《やらい》の幽夢《ゆうむ》に　忽《たちま》ち郷《きょう》に還《かえ》る
小軒《しょうけん》の窓《まど》
正《まさ》に梳妝《そしょう》す

相顧無言
唯有涙千行
料得年年腸斷處
明月夜
短松岡

相顧《あいかえり》みて言無《ことばな》く
唯《ただ》　涙《なみだ》の千行《せんこう》なる有《あ》り
料得《はかりえ》たり　年年《ねんねん》　腸《はらわた》　断《た》ゆるの処《ところ》
明月《めいげつ》の夜《よる》
短《みじか》き松《まつ》の岡《おか》

君の死から十年経って　二人のあいだには茫々とした広がりがある
思うまいとするのだが
どうしても忘れられない
遠く離れた故郷に君の墓はぽつんとある
すさまじいまでの寂しさを告げる相手もいない
たとえ逢ったとしても　君は私を見分けられないだろう
長い人生で塵《ちり》にまみれた顔をして
白髪がすっかり多くなった
昨夜　不思議な夢を見て　夢の中で故郷に帰った

あの小部屋の窓に寄り添って
君は髪をとかしていた
お互い　無言のまま見つめあい
ただ涙を流すばかりだ
私にはわかっている
これから毎年　月の明るい夜に　はらわたがちぎれるばかりの思いに沈むことを
まだ若い松が生えている君の墓の丘で

余計なコメントは不要でしょう。この詞を読めば、亡き妻への蘇軾の切々たる思いが伝わってきます。

## 二　科挙の試験に合格

蘇軾《そしょく》は弗《ふつ》との結婚の翌年（一〇五五年）、父の蘇洵《そじゅん》、弟の蘇轍《そてつ》と三人連れだって省の首府である成都（現在の四川省成都市）に赴きます。

成都に到着した三人は、まず成都の高官であった張方正《ちょうほうせい》に面会しました。張方正は、蘇洵の友人で、彼は蘇洵に、自分がいる成都で官職に就くように勧めました。しかし蘇洵は、これに難色を示す一方、張方正に当時、都で「政界の重鎮」と人々に認められていた欧陽《おうよう》脩《しゅう》宛てに、推薦状を書いてくれるよう求めます。同時に、張方正と欧陽脩はさほど昵懇《じっこん》の間柄でないことを知った蘇洵は、もう一人の友人である雷簡夫《らいかんふ》にも推薦状を依頼します。その推薦状には「蘇洵は皇帝を補佐する才能の持ち主であるから、よろしく彼の官職をお願いします」と書かれていたそうです。

成都で欧陽脩への紹介状を張方正と雷簡夫の二人から得た蘇一家は、いよいよ京師《みやこ》の開封《かいほう》（汴京《べんけい》）に向かいます。目的は、もちろん自分の仕官以上に、大事な二人の息子が開封で行なわれる科挙《かきょ》の試験に臨むためでした。

＊　＊

さて、五八七年、隋《ずい》の文帝《ぶんてい》（注④）の時代に始まった官僚の登用試験である科挙によって、旧来の制度は根本的な改変がなされました。というのも、それまでは貴族階級を中心に個人の能力と関係なく、親の七光りや有力者とのコネが幅を利かせていた制度だったからです。

中国の歴史が三国、晋《しん》から隋、そして唐へと移るにしたがって、国を統治する官僚機構が肥大化してきました。また王朝の版図が全国に拡大することによって、これまでのように貴族階級の出身者が官僚になるだけでは人材が不足するようになってきたのです。さらに一部の貴族階級出身の官僚の中には、自分の利益や権益の拡大に熱心で、皇帝の指示や命令を聞かなくなるなど、数々の弊害もでてきました。

隋の時代に、文帝は、まず、地方の官僚には全て中央が選んだ人物を派遣することに決めました。しかし、中央にも官僚に適した人材が大量にいるわけではありません。そこで文帝は、自分に忠誠を誓う有能な官吏を多数集めたいと考え、身分を問わずに、全国の優秀な人材を数多く官僚として登用するために、選抜試験制度を導入したわけです。

中国では、選抜試験を「選挙」と呼びますから、「科」の選挙、つまり「科挙《かきょ》」と称されるようになったのです。唐の初期には六科といって「秀才科《しゅうさいか》」「明経科《めいけいか》」「進士科《しんしか》」「明法科《めいほうか》」「明書科《めいしょか》」「明算科《めいさんか》」の六つの科がありましたが、「進士科」以外の科は途中で廃れてしまいます。宋の神宗《しんそう》(注⑤)の熙寧《きねい》二年(一〇六九年)には、残っていた「明経科」も廃止され「進士科」のみとなりました。また、この六科とは別に、武人を対象にした「武科《ぶか》」や、皇帝が特別に選抜する「制科《せいか》」もありましたが、清朝の末まで千三百年以上にわたって制度が残ったのは「進士科」だけでした。「進士科」の合格者(当選者)を「進士」と呼ぶのも、ここから来ています。

科挙の実際については、宮崎市定《みやざきいちさだ》氏の名著『科挙・中国の受験戦争』(中公新書)に詳しく、受験生による手の込んだカンニングの話や、試験場である「貢院《こういん》」に出没する幽霊の話など、科挙にまつわる興味深いエピソードが満載されています。

科挙の制度は、出身階級や門閥に囚《とら》われず、誰でも受験できると書きましたが、女性は対象外、犯罪歴のある人物や商業に携わる人には受験資格のなかったことが明らかになっています。

儒教の世界では「貴穀賤金《きこくせんきん》」との考えから、商業は賤《いや》しい職業と考えられていました。ただし、蘇洵、蘇軾の家系のように、代々、商業を営んできた家の子弟でも、本人が実際に商業活動を行なっていなければ科挙の受験資格はありました。受験生となれない人以外は、年齢や出身に因《よ》る制限はなく、宋の時代には七十歳でやっと進士になった老人もいます。息子二人を無事、進士に合格させた父の蘇洵は二十七歳で自身が「進士科」を受験した際には失敗し、のちに皇帝の思し召しによる「制科」の試験に合格しています。

＊　＊

科挙は、千三百年余り続いた制度ですから、時代によって何度も制度変更がなされています。宋の時代にも蘇軾と政治的に対立した王安石《おうあんせき》（注⑥）による大きな科挙制度の改革が行なわれ、その後、王安石に代わって旧法党といわれる司馬光《しばこう》（注⑦）が政権を握ると、再び科挙制度の改革に手を着けることになりました。

こうした事情によって、科挙の試験の内容を一概に説明することは困難ですが、宋の時代に絶頂期を迎え、元、明、清と受け継がれた科挙の制度はおおよそ以下のようになっていました。

受験生はまず、省（地方政府）の首府で行なわれる「郷試《きょうし》」に臨みます。この場合、試験官は中央から派遣され、試験場は「貢院《こういん》」と呼ばれます。私は、以前、旅行で南京《なんきん》を訪ねた際、「南京貢院《なんきんこういん》」の跡を見学したことがあります。街の中心を流れる有名な秦淮《しんわい》運河のほとりに大きな寺院のような建物があり、その中に、小さく仕切られた小部屋が小道をはさんで両側にずらりと並んでいて、大型の監獄ないしは捕虜収容所といった感じの施設です。現存する南京貢院は、宋の時代の建物ではなく明、清時代のものですが、蘇軾が受験した宋の時代の試験場と基本的にはあまり変わっていないと思われます。

試験は二泊三日にわたって行なわれ、その間、外部との交流は一切絶たれます。受験生は、試験会場への入場にあたってはカンニング防止のため、持ち物、衣服の厳重な検査を受けなければなりません。その後、受験生は「号舎《ごうしゃ》」と呼ばれる独房のような個室に入って答案の作成にあたるわけですから、外から見た貢院が、監獄のような印象を受けるのも無理からぬことでしょう。

「郷試」に合格した受験生は「挙人《きょじん》」と呼ばれ、次に、京師《みやこ》で行なわれる「会試《かいし》」（貢挙《こうきょ》ともいう）の試験に挑戦します。会試は科挙制度の中心的な存在で、皇帝自らが試問を行なう「殿試《でんし》」では、落第者はほとんど出ないのが通例でした。また殿試を始めたのは宋の太宗《たいそう》（注⑧）の開《かい》宝《ほう》八年（九七五年）で、唐の時代にはなかったわけです。当時は会試の合格者が「進士《しんし》」と呼ばれ、そのまま高級官僚の一員になりました。

郷試の首席合格者は「解元《かいげん》」、会試の第一位合格者は「会元《かいげん》」、殿試の最優等は「状元《じょうげん》」と、それぞれ呼ばれ、同一人物でこの三つの試験の一位に輝いた者を「三元《さんげん》」と称します。麻雀の役の「大三元《だいさんげん》」は、この名前に由来します。

殿試は、皇帝自らが試験官になって受験生をふるいにかけることになっていますが、実際には皇帝に任命された試験官（読巻大臣《どくかんだいじん》）が出題からおおよその採点までを行なっていました。もちろん、最後に皇帝の判断を仰ぐことになっています。この試験の首席合格者は「状元《じょうげん》」、二席は「榜眼《ぼうがん》」、三席は「探花《たんか》」と呼ばれます。

最初に殿試を実施した宋の太宗は、宮殿の講武殿《こうぶでん》で試験を行ないましたが、清の時代には、現在の北京の故宮《こきゅう》内にある保和殿《ほうわでん》と呼ばれる大きな建物で執り行なわれることになりました。そして最終の成績発表の儀式は、故宮の中でも一番大きく、格式の高い太和殿《たいわでん》で行なわれます。しかしその場合も合格者は昇殿を許されず、太和殿前の広場に整列して、「榜《ぼう》」と呼ばれる合格者名簿に書かれた名前を読み上げられることになります。

＊　＊

蘇軾が殿試を受けたとき、仁宗皇帝は欧陽脩を主席試験官に任命していました。

蘇軾は父の蘇洵、弟の蘇轍と一緒に京師《みやこ》の開封に着くやいなや、張方正と雷簡夫の紹介状を携えて欧陽脩に面会し、歓待を受けていました。その欧陽脩が主席試験官に選ばれたことは、蘇軾にとって幸先のいいスタートだったはずです。

果たして、蘇軾は殿試でも優秀な成績で合格しましたが、第一席とはなりませんでした。これには欧陽脩の誤解があったようです。

蘇軾の答案があまりにもよくできているので、欧陽脩は「これはきっと自分の友人の曾《そう》鞏《きょう》（注⑨）が書いた答案に違いない。曾鞏と自分の仲がいいことはみんなの知っていることだから、この答案を最優等にすると、自分がえこひいきをしたと思われる……」と勝手に思い込んで、その答案をあえて第一席にせず、第二席にしたというエピソードが伝わっています。

あとで判ったことですが、この答案を書いた受験生こそが蘇軾でした。こうした誤解が生じたのは、答案用紙に書かれた受験生の氏名は糊付けされて（筆跡を隠すために試験官によって書き写されたともいわれています）、試験官が採点に際して、誰の答案か分からないようになっていたからです。こうした方法で試験の公平性を担保していたのです。

いずれにしろ、蘇軾は弟の蘇轍と一緒に、仁宗の嘉祐《かゆう》二年（一〇五七年）、無事、科挙の最終試験である殿試に合格。晴れて「進士」として、官僚としての第一歩を踏みだすこととなります。

ただし、蘇軾と蘇轍は、のちに嘉祐六年（一〇六一年）、もう一度、特別試験の「制試《せいし》」を受験して、蘇軾は第三席、蘇轍は第四席で合格しました。当時の「制試」には一席、二席の合格者は出さないとの不文律があったそうですから、蘇軾は事実上の第一席ということになります。

## 三　青年官僚として初の任地に赴く

仁宗《じんそう》の嘉祐《かゆう》六年（一〇六一年）、蘇軾《そしょく》は官僚として初めての地方勤務に就くことになり、鳳翔府選僉判《ほうしょうふせんせんばん》（現在の陝西《せんせい》省鳳翔県の高級事務官）に任命されます。このとき父の蘇洵《そじゅん》と弟の蘇轍《そてつ》は、『大常因革礼《たいじょういんかくれい》』（宮廷の儀式の次第を記した書）の編纂《へんさん》のため、京師《みやこ》に残り、蘇軾と蘇轍の兄弟は、初めて、それぞれの道を歩むこととなりました。冬の日、蘇轍は旅立つ兄を見送りに京師《みやこ》から四十里あまり離れた鄭州《ていしゅう》まで出かけます。
このとき、蘇軾が弟との別離を悲しんで作ったのが次に紹介する詩で、これは蘇軾の生涯の作品を集めた『東坡集《とうばしゅう》』（四十巻、後集二十巻）の最初に選ばれた詩として有名です。

辛丑十一月十九日
既與子由別於鄭州
西門之外馬上賦詩
一篇寄之

不飲胡爲醉兀兀
此心已逐歸鞍發
歸人猶自念庭闈
今我何以慰寂寞
登高回首坡壠隔
但見烏帽出復沒

辛丑《しんちゅう》十一月十九日《じゅういちがつじゅうくにち》
既《すで》に子由《しゆう》と鄭州《ていしゅう》
西門《せいもん》の外《そと》に別《わか》れ　馬上《ばじょう》に
一篇《いっぺん》の詩《し》を賦《ふ》し之《これ》に寄《よ》す

飲《の》まざるに　胡為《なんすれ》ぞ　酔《よ》うて兀兀《ごつごつ》たる
此《こ》の心《こころ》　已《すで》に帰鞍《きあん》を逐《お》うて発《はっ》す
帰人《きじん》　猶《なお》　自《おの》ずから　庭闈《ていい》を念《おも》う
今《いま》　我《われ》何《なに》を以《もっ》て　寂寞《せきばく》を慰《なぐさ》めん
高《たか》きに登《のぼ》りて　首《こうべ》を回《めぐ》らせば　坡壠《はろう》隔《へだ》たる
但《ただ》見《み》る　烏帽《うぼう》の出《い》でて　復《また》　没《ぼっ》するを

苦寒念爾衣裘薄
獨騎痩馬踏殘月
路人行歌居人樂
僮僕怪我苦悽惻
亦知人生要有別
但恐歳月去飄忽
寒燈相對記疇昔
夜雨何時聽蕭瑟
君知此意不可忘
愼勿苦愛高官職

苦寒《くかん》には　爾《なんじ》が衣裘《いきゅう》の薄《うすき》を念《ねん》じて
独《ひと》り痩馬《そうば》に騎《の》りて　残月《ざんげつ》を踏《ふ》む
路人《ろじん》は行歌《こうか》し　居人《きょじん》は楽《たの》しむ
僮僕《どうぼく》は　我《われ》　苦《はな》はだ悽惻《せいそく》たるを怪《あや》しむ
亦《また》知《し》る　人生《じんせい》　要《かな》らず別《べつ》有《あ》ることを
但《ただ》恐《おそ》る　歳月《さいげつ》の去《さ》って飄忽《ひょうこつ》たるを
寒灯《かんとう》に相対《あいたい》せる　疇昔《ちゅうせき》を記《き》する
夜雨《やう》　何《なん》の時《とき》か　蕭瑟《しょうしつ》たるを聴《き》かん
君《きみ》　此《こ》の意《い》の忘《わす》る可《べ》からざるを知《し》らば
慎《つつし》みて　苦《はな》はだ高《たか》き官職《かんしょく》を愛《あい》すること勿《なか》れ

酒も飲んでいないのに　頭がふらふらする
私の心はすでに去って行った君の馬のあとを追っていく
帰っていく君の心は　父のもとにあるのだろう
今このとき　私は　どうやってこの寂しさを慰めればいいのだろう

高いところに登って君の姿を追うが　小高い丘の畝《うね》に妨げられてよく見えない
ただ君の被っている黒い帽子の先だけが見え隠れする
寒さに震えながら　気になるのは君の着ている衣服が薄いことだ
独りで痩《や》せた馬に乗って残月の影を踏んで進んでいるのだろう
行き交う人々は鼻歌を歌い　家の中では団欒《だんらん》を楽しんでいる
馬を引くお供の者は　私が浮かない顔をしているのが腑《ふ》に落ちないだろう
人生に別離があることは私も知っている
恐れるのは　歳月があまりにも早く過ぎていくことだ
薄明りの下　二人で語り合ったのは　ついこのあいだのことと覚えている
雨の夜　二人でしめやかに　雨の音を聞こうと約束したことは何時《いつ》果たせるのか
君も　この約束を忘れていないことと思うが
それならば　あまり高官になろうなどと思わないでもらいたい

この詩の結びの三句
「夜雨何時聽蕭瑟　君知此意不可忘　愼勿苦愛高官職」（夜雨《やう》　何《なん》の時《とき》か　蕭瑟《しょうしつ》たるを聴《き》か

ん　君《きみ》　此《こ》の意《い》の忘《わす》る可《べ》からざるを知《し》らば　慎《つつし》みて　苦《はな》はだ高《たか》き官職《かんしょく》を愛《あい》すること勿《なか》れ）は、蘇軾の弟を想う気持ちが素直に出ている表現です。

蕭瑟《しょうしつ》とは、杜甫《とほ》（注⑩）の詩に「瞿唐石城草蕭瑟《くとうせきじょうくさしょうしつ》」、つまり瞿塘峡《くとうきょう》の石城（長江の北岸にある白帝城のこと）には草が寂《さび》しげに茂っているとあり、ものさびしい様子を表します。

結びの三句で蘇軾は弟の蘇轍に向かって「いつの日にか二人で寝床を並べて眠り、さびしい夜の雨の音を共に聴こう」との思いを語っています。この詩の中で、蘇軾は自身の註を加え「かつて夜雨対床《やうたいしょう》の言ありき」と書いています。「夜雨対床《やうたいしょう》」の表現は、唐の詩人、韋応物《いおうぶつ》（注⑪）が「元常《げんじょう》・全真《ぜんしん》二生に与える詩」の中で「寧《いず》んぞ知《し》らん風雨《ふうう》の夜《よ》は　復此《またこ》に床《しょう》を対《たい》して眠《ねむ》らん」と詠《えい》じており、蘇軾はこの詩の表現に感動して、自分の作品に使ったと思われます。

＊　　＊

鳳翔府《ほうしょうふ》での仕事を三年勤めた蘇軾は、一旦、官職を解かれて故郷の蜀《しょく》（現在の四川省）に帰り、翌年、京師《みやこ》の開封《かいほう》（汴京《べんけい》）に呼び出されます。この間に、宋の皇帝は仁宗から英宗《えいそう》（注⑫）に替わっていました。

当初、蘇軾の次の任地は、北方の大名府《だいみょうふ》（現在の北京の南）と予定されていましたが、新しく皇帝になった英宗が、蘇軾の才能を高く評価して、京師《みやこ》に留めおきたいと考え、「翰《かん》林院《りんいん》」で働かせようとしました。翰林院は現在の内閣官房のような役所です。

しかし、初めての任地での仕事を終えたばかりの蘇軾は、まだ駆け出しの官僚に相違なく、「翰林院」での勤務は経験不足だとして、宰相の韓琦《かんき》（注⑬）がこれに反対。結局、京師《みやこ》の『史《し》館《かん》』で職に就くことになりました。『史館』は今でいう国立図書館と国立美術館を合わせたような役所で、顕職ではなかったものの、蘇軾にとっては珍しい書籍に直接触れ、また高名な文人の書や画を手に取ってみることができる、大変、有意義な職場だったことは間違いありません。

蘇軾が京師《みやこ》、開封の春の夜の様子を詠《うた》った詩として有名な次の作品を紹介します。

春夜　　　　春《はる》の夜《よ》

春宵一刻値千金　　　　春宵《しゅんしょう》　一刻《いっこく》　値千金《あたいせんきん》

花有清香月有陰
歌管樓臺聲細細
鞦韆院落夜沈沈

花《はな》に清香《せいこう》有《あ》り　月《つき》に陰《かげ》有《あ》り
歌管《かかん》　楼台《ろうだい》　声《こえ》　細細《さいさい》
鞦韆《しゅうせん》　院落《いんらく》　夜《よる》　沈沈《ちんちん》

春の宵のひとときは　まさに千金の価値がある
花のすがすがしい香りが漂い　月はおぼろ
遠くの楼台（高い建物）から歌声と笛の音がかぼそく聞こえてくる
中庭には誰も乗らないブランコがひとつ　夜は重たげにふけてゆく

学校の漢詩の授業でも学ぶこの七言絶句は、日本人に最もよく知られた蘇軾の詩ではないかと思われます。江戸時代には、蘇軾のこの詩を踏まえ、

一刻《いっこく》を千金《せんきん》づつに締《し》め上《あ》げて
六万両《ろくまんりょう》の春《はる》の曙《あけぼの》

との狂歌が大田《おおた》蜀山人《しょくさんじん》（注⑭）によって詠われています。

一刻は江戸時代の日本では約二時間でしたから、朝を迎えるころには六万両になっている

だろうとの意味です。現代中国語では、一刻は十五分にあたります。

実は蘇軾の代表作ともいえるこの詩が『東坡集《とうばしゅう》』には載っていません。しかし、南宋の時代に魏慶之《ぎけいし》によって編集された詩に関する書物の中で、高名な詩人楊万里《ようばんり》（注⑮）の証言として「この作品は蘇軾の手になる」とあるので間違いはないとされています。有名なこの詩が『東坡集』から漏れた真相は専門家の解明を待つとして、私の仮説は、京師《みやこ》の宴席で、同席した妓女《ぎじょ》に乞われて、即興で作った詩ではないだろうか、ということです。乞われるまま興《きょう》に乗って、妓女の扇子に詩をしたためたのかも知れません。

蘇軾の妓女遊びは有名です。役所が引けると仲間たちと船遊びに興じ、侍らせた妓女の求めに応じて、肩掛けなどに艶っぽい詩を書き与えていました。禅寺に妓女を連れて訪問し、そこで即興詩を吟じることもありました。またある妓女には人の道を説いて、すっかり蘇軾の大ファンにしました。いずれにしろ、呻吟《しんぎん》した跡のない軽妙な詩で、青年官僚・蘇軾の京師《みやこ》での楽しい生活が偲《しの》ばれる作品だと思います。

また、蘇軾は、それまでの唐や六朝時代の詩人と違い、生前に、自分の詩作集が出版・発売され、多くの人々に愛読された詩人でした。その背景にはもちろん、当時の印刷技術の進歩もありましたが、この時代には詩集を買う士大夫《したいふ》階級（教養のある高級官僚層）や豪商など文化を愛する多くの人々が存在していたこともあげられるでしょう。

＊　　＊

しかし、こうした平和で希望にあふれた京師《みやこ》での生活の中で、蘇軾は相次いで家族を失うことになります。

英宗の治平《ちへい》二年（一〇六五年）に妻を亡くし、その翌年四月には、父の蘇洵の死に見舞われます。享年五十八でした。

このころの中国では、妻の死より父母の死とその弔いのほうがはるかに重要で、蘇軾と蘇轍の兄弟は、揃《そろ》って一旦、官職を辞し、服喪のため郷里に帰りました。治平三年（一〇六六年）四月のことです。

郷里に帰った蘇軾は、蘇轍とともに父の遺骸を母の塚の隣に埋葬して、その周辺に三万本の松の樹を植えたと記録にあります。

当時の父母に対する服喪期間は二年三か月と決まっていました。また中国では、親に対する服喪を服孝《ふくこう》と呼び、この期間は蟄居《ちっきょ》し、目立った宴会への出席や歌舞《かぶ》音曲《おんぎょく》に接することを控えるのが務めです。この間、蘇兄弟は大いに詩を賦《ふ》し、多くの書物を読み、服喪期間を一種の充電期間として活用したと思われます。

喪が明けて、最初に蘇軾が行なったのは、三年前に亡くなった妻の後添えをもらうことでした。記録によれば、蘇軾は京師《みやこ》の開封に旅立つ前の十月に、先妻の従妹《いとこ》である王閏之《おうじゅんし》を娶《めと》ったとあります。

◆（注①）**仁宗皇帝**《じんそうこうてい》……在位一〇二二〜一〇六三年。宋の第四代皇帝。父、真宗皇帝《しんそう》の死去により十二歳で即位した。西夏《せいか》の軍事的な圧力に対して常備軍の強化に努めたが、庶民はそのための重税に苦しんだ。また、皇室の医師を地方の県の役所に派遣し、貧困層に対する医療や投薬などを行ない、疫病の蔓延を抑えた。

（注②）**唐宋八大家**《とうそうはちたいか》……唐と宋の時代の代表的な八人の文人を指す。唐の韓愈《かんゆ》、柳宗元《りゅうそうげん》、宋の欧陽脩《おうようしゅう》、蘇洵《そじゅん》、蘇軾《そしょく》、蘇轍《そてつ》、曾鞏《そうきょう》、王安石《おうあんせき》。いずれも名文家として評価が高い。

（注③）**欧陽脩**《おうようしゅう》……一〇〇七〜一〇七二年。字《あざな》は永叔《えいしゅく》、諡号《しごう》は文忠《ぶんちゅう》。吉州《きっしゅう》盧陵県《ろりょうけん》（現・江西省吉安県《こうせいしょうきつあんけん》）が本籍。天聖八年（一〇三〇年）進士合格。翰林学士《かんりんがくし》を経て嘉永二年（一〇五七年）権知礼部貢挙《ごんちれいぶこうきょ》として科挙試験を監督。蘇軾、蘇轍の才能を見出す。最初は、王安石の改革（新法の実施）を支持するも、改革が実行され、様々な矛盾が生じたことから、のち、新法に鋭く対立する。政界引退の翌年、煕寧《きねい》五年（一〇七二年）潁州《えいしゅう》（現・安徽《あんき》省）で死去。地方勤務中に『新五代史』を編集する。

## ◆二

（注④）**文帝**《ぶんてい》……在位五八一～六〇四年。隋《ずい》の初代皇帝。名を楊堅《ようけん》という。北周の静帝《せいてい》の禅譲を受けて即位する。晋・南北朝時代の混乱した中華を統一、在位期間は二十四年に及ぶ。第二代皇帝の子息・煬《よう》帝《だい》の失政により隋は滅亡。替わって唐が中華を支配する。

（注⑤）**神宗**《しんそう》……在位一〇六七～一〇八五年。宋の第六代皇帝。王安石を登用して、新法を進める。のちに外交戦略で王安石と対立。一〇八五年、三十八歳で死去。死後、第五代皇帝英宗《えいそう》の妻である宣仁《せんじん》皇后高《こうごうこう》氏《し》が実権を握り、新法党を排除する。

（注⑥）**王安石**《おうあんせき》……一〇二一～一〇八六年。字《あざな》を介甫《かいほ》。王荊公《おうけいこう》、臨川《りんせん》先生とも呼ばれる。諡号《しごう》は文《ぶん》。生まれは父・王益《おうえき》の任地である臨江軍《りんこうぐん》（現・江西省青江県《こうせいしょうせいこうけん》）。本籍は撫州臨川県《ぶしゅうりんせんけん》（現・江西省《こうせいしょう》臨川県）。撫州臨川県は当時の行政区では江西南路《こうせいなんろ》に属し、欧陽脩の本籍の吉州廬陵《きっしゅうろりょう》県も江西南路に属していた。黄庭堅《こうていけん》（後出）も同郷。二十二歳で進士に合格。『唐百家詩選《とうひゃくかしせん》』を編集。改革派の政治家として新法を推進した。多くの詩作を残しているが、特に「絶句」に優れていたとの評価がある。

（注⑦）**司馬光**《しばこう》……一〇一九～一〇八六年。字《あざな》は君実《くんじつ》、号は迂叟《うそう》、諡号《しごう》は文正《ぶんせい》。死後、温国公《おんこくこう》の爵位を受ける。陝州夏県《きょうしゅうかけん》（現・山西省運城市夏県）で生まれる。家は代々、夏県の豪族。父の代に進士に合格。王安石の新法党と対決する旧法党の首魁《しゅかい》となる。王安石との対立は本文に詳しい。王安石の新法に反対し、中央の官職を辞してのち、戦国時代から五代に至る歴史書『資治通鑑《しじつがん》』（二百九十四巻）

を編纂《へんさん》する。

（注⑧）**太宗《たいそう》**……在位九七六～九九七年。宋の第二代皇帝。太祖趙匡胤《ちょうきょういん》の弟。名は元々匡義《きょうぎ》だったが、皇帝の匡の字を使うことを避け、光義とした。九七八年、呉越を下し、天下を統一する。太祖の路線を受け継ぎ、軍事力は増強せず、科挙の試験の合格者の数を増やし、文官による国内の統治を徹底した。

（注⑨）**曾鞏《そうきょう》**……一〇一九～一〇八三年。字《あざな》は子固《しこ》。建昌軍南豊県（現・江西省）出身。蘇軾、蘇轍の兄弟と同時に科挙の試験に合格。欧陽脩の門下生。名文家であり、唐宋八大家の一人。

## 三

（注⑩）**杜甫《とほ》**……七一二～七七〇年。李白と並んで唐代を代表する詩人。「詩聖《しせい》」と称される。生涯に作った詩のうち一四三九首が現在に伝わっている。李白の詩才は絶句に表れるといわれるのに対して、杜甫の詩才は律詩に表れていると称される。字《あざな》は子美《しび》。号は少陵野老《しょうりょうやろう》。父は杜閑《とかん》、祖父は杜審言《としんげん》。いずれも地方官で、祖父の杜審言は詩人としても名が通っていた。生地は河南省《かなんしょう》鞏県《きょうけん》。何度か科挙の試験に挑戦するが、失敗。三十代になって都の長安に移り、官職を求めるが得られず。途中、安禄山《あんろくざん》の乱に巻き込まれたが、反乱軍に参加することはなかった。この行動は、結果的に唐の粛宗《しゅくそう》に忠誠を誓ったものと評価され、その功績によって左拾遺《さしゅうい》（皇帝に直言できる職務）に取り立てられるが、一年あまりで退職。放浪の旅が始まり四十八歳で成都の郊外、浣花渓《かんかけい》に草堂を開く。約四年間、この草堂で暮らし、四百首余りの詩作を行なう。五十五歳の春に成都を離れて再び放浪の旅に出るが、旅の途中、湖南省の湘江《しょうこう》付近に浮かべた船の中で五十八歳の生涯を閉じる。

（注⑪）**韋応物《いおうぶつ》**……七三六～七九一年？　中唐の詩人。京兆《けいちょう》府杜陵《とりょう》県（現・陝西《せんせい》省西安市）で生まれる。

貴族出身。玄宗《げんそう》皇帝の側近として寵愛を受ける。玄宗の死後、詩作に没頭。陶淵明《とうえんめい》を愛する自然派詩人。蘇州刺史《そしゅうしし》（州の長官）となり、韋蘇州《いそしゅう》とも呼ばれる。

（注⑫）**英宗**《えいそう》……在位一〇六三〜一〇六七年。宋の第五代皇帝。体が弱く、在位わずか四年で没す。名は趙宗実《ちょうそうじつ》。第四代の仁宗皇帝に子がいなかったため、迎えられて皇太子となり、その後皇帝に。英明な皇帝で、短い在位期間ではあったが、その間に、対外戦費の拡大で逼迫《ひっぱく》した財政再建に力を注いだ。妻は宣仁皇后高氏《せんじんこうごうこうし》（蘇軾ら旧法党の復権に尽力）。

（注⑬）**韓琦**《かんき》……一〇〇八〜一〇七五年。宋の詩人、政治家。字は稚圭《ちけい》。相州《そうしゅう》安陽県（現・河南《かなん》省安陽県）出身。仁宗の晩年に宰相に選ばれ、英宗、神宗と三代の皇帝に仕える。四川の飢饉《ききん》を救済。王安石の新法には反対の立場をとった。

（注⑭）**大田蜀山人**《おおたしょくさんじん》……一七四九〜一八二三年。江戸時代天保期を代表するマルチな文化人。狂歌師。元々は幕府の御家人。幕府の下級官僚でありながら、文筆を揮《ふる》った。大田南畝《おおたなんぽ》とも呼ばれる。

（注⑮）**楊万里**《ようばんり》……一一二七〜一二〇六年。字は廷秀《ていしゅう》、号は誠斎《せいさい》。吉州吉水県《きっしゅうきっすいけん》（現・江西《こうせい》省吉水県）出身。南宋の詩人、政治家。一一五四年、進士合格。朱熹《しゅき》（朱子と尊称される朱子学の創始者）の登用を、当時の宰相・王准《おうじゅん》に推薦する。詩人としては江西派《こうせいは》の流れを汲むが、三十六歳のとき、それまでの自作の詩を全て焼いて、江西派と決別した。誠実な人柄で、直言することが多く、また、金国《きんこく》（南宋を侵略する異民族国家）に対する主戦論を主張し、そのために何度か左遷の憂き目に遭《あ》う。死後長男によって『誠斎集《せいさいしゅう》』が編纂《へんさん》された。日本の江戸時代の俳諧に影響を与えた。

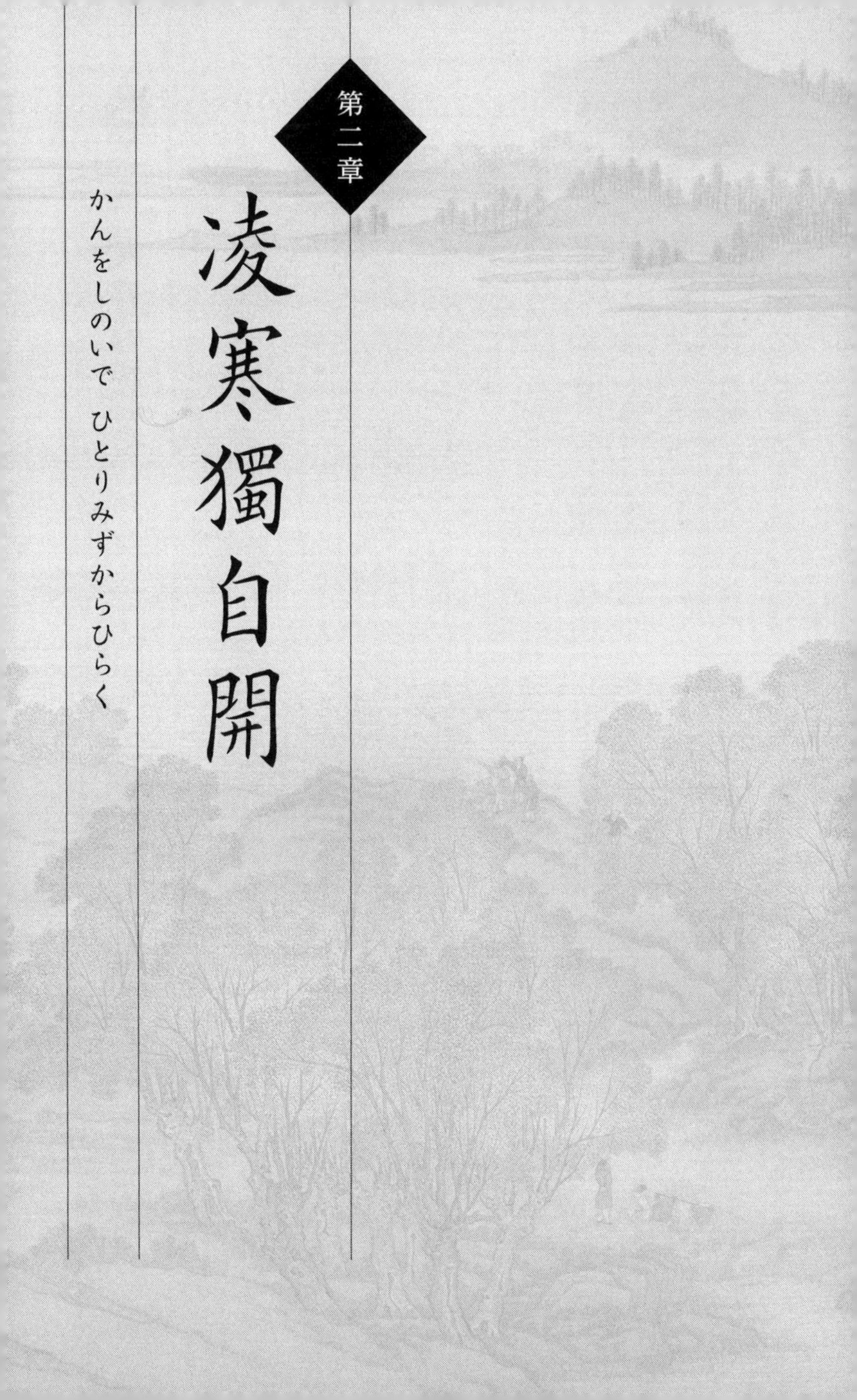

第二章

# 凌寒獨自開

かんをしのいで　ひとりみずからひらく

## 一 王安石の改革

宋の時代と、日本の戦後社会の類似性を指摘したのは、二〇一九年春にこの世を去った評論家の堺屋太一《さかいやたいち》氏でした。たしかに、宋が目指した「国のかたち」は、軍事大国ではなく経済大国だったといえるでしょう。京師《みやこ》を、それまでの長安や洛陽《らくよう》などの中原から、肥沃な穀倉地帯を背景に持ち、黄河のほとりに位置し、交通の便の良い開封《かいほう》（汴京《べんけい》）に遷《うつ》しました。こうして地の利を得た歴代皇帝は、貴族に替わって勃興してきた商人の経済活動を後押しする施策を講じたのです。

また、作家の陳舜臣《ちんしゅんしん》氏は、その著作の中で「宋は日本の室町時代に似ているように思う」として、次のように述べています。

「（宋は）国政にたずさわったのが、ほとんど文人であり、どうしても文弱というかんじがする。室町時代もあまり元気がよろしくない。けれども、芸能ひとつとってみても、現代の日本の芸能の源流は室町にあるといえる。室町期にいまの形のものができたという例はきわめて多い。中国における宋がそれに相当する。現代の中国の文化をたどると、どうしても宋に行き着くのである」（集英社『人物中国の歴史』⑦現代とのつながり）。

平和を志向し、経済に力を入れ、文化が発展した宋の時代は、たしかに何となく覇気にかけ、国民は平和ボケしていたといえなくもありません。

しかし、当時の宋をめぐる国際環境には厳しいものがありました。西方の西夏《せいか》や遼《りょう》（契丹《きったん》）などの異民族が国境を脅かし、たびたび宋の領土に侵入してきたのです。唐の時代に元来、国境警備の任にあたっていた節度使《せつどし》が力を持ち、地方に独立した軍事政権を打ち立て、結局、唐を滅ぼしたことから、宋は、節度使を廃止して、自前の軍隊（禁軍）を持つことにしました。しかし、この軍隊は一挙に異民族を攻め滅ぼすほどの実力を持った精強な軍隊ではありません。いわば戦後日本の自衛隊を連想させる「専守防衛」の色合いの濃い軍隊でした。それでもかなりの数の軍人を西の国境に張り付けておかなければなりません。

軍隊というものは古来、金のかかる組織ですが、それだけでは、宋の人々の安心を得ることにはならず、宋は西夏や遼に対して「歳幣《さいへい》」と呼ばれる一種の経済協力金を払って、平和を金で買うようなこともやっていたのです。

これらの安全保障のための出費は決して少ないものではありません。しかも、前述したように、宋の時代には国家経営を行なう大量の官僚群が存在していました。宋王朝の創始者、太祖《たいそ》の時代における科挙の合格者数は、毎年十人内外で、多くても二十人程度でした。それが仁宗《じんそう》、英宗《えいそう》、神宗《しんそう》と時代を経るごとに、科挙の合格者の数だけでも百人を超え、多いときは五百人の合格者が出たほどです。大きくなった官僚組織を運営するための経常経費もばかになりません。

また仁宗に先立つ真宗《しんそう》（在位九九七～一〇二二年）（注⑯）の時代から、宋は「祠禄《しろく》」の制度を新設し、定年退職した官吏に、一種の年金を払って道教の寺院の下働きをさせていました。現在でいえば老齢年金にあたり、当時としてはずいぶん思い切ったバラマキ福祉であったことは事実です。こうした歳出が増大すれば、いくら経済活動が盛んで歳入が増えても、いつか財政的に破綻《はたん》することが容易に想像できます。

真宗の時代は、蘇軾《そしょく》が活躍する時代の少し前になりますが、すでに国家財政の歳出が歳入を上回る財政赤字になり、年を追うごとに財政悪化の圧力が強まっていました。そんな折も折、治平《ちへい》四年（一〇六七年）正月に、英宗が亡くなり、神宗が即位します。神宗は即位時、十九歳の青年皇帝でした。その若き皇帝の前に現れたのが、王安石《おうあんせき》です。

王安石、字《あざな》は介甫《かいほ》、真宗の天禧《てんき》五年（一〇二一年）、臨江軍《りんこうぐん》（軍は州と同じ行政区にあたり、現在の江西省青江県《こうせいしょうせいこうけん》）に生まれます。本籍は撫州《ぶしゅう》（江西省臨川県《りんせんけん》）で、この地は欧陽脩《おうようしゅう》の故郷とされている吉州《きつしゅう》蘆《ろ》陵県《りょうけん》（現在の江西省吉安市《きつあんし》）に近く、宋の行政単位である江南西《こうなんせい》路《ろ》に属し、二人はいわば同郷人です。

父の王益《おうえき》は地方勤務が長かった役人でした。安石が生まれたときは、臨江軍の判官《はんがん》（地方行政官の属僚）を務めていました。父と一緒に地方を転々として少年・青年時代を送った王安石は慶暦《けいれき》二年（一〇四二年）、二十二歳で進士に合格します。受験生八百三十九人中第四位という好成績での合格です。王安石は合格後、ただちに揚州の簽書淮南節度判官庁公事《せんしょわいなんせつどはんがんちょうくじ》（揚州知事の幕僚）となりますが、このとき父はすでにこの世にはいませんでした。王安石が進士に合格する三年前に死去しています。

世の中は仁宗の治世で、欧陽脩が政権の中枢にいました。欧陽脩は同郷の秀才である王安石にそれとなく目をかけていましたから、自身が望めば中央政界で活躍できたのですが、王安石は進んで地方勤務を重ねました。その理由として王安石自身は、家庭の経済的な事情で、収入が多い地方勤務のほうが好ましいからだと説明していたようですが、本心がそうであったとは考えにくいのが実際です。すでに四十年にわたって続いた仁宗の治世で、当時の宋には停滞感がただよっていました。その停滞感に王安石は我慢がならなかったのでしょう。

当時の京師《みやこ》、開封の様子を描いた有名な絵画『清明上河図《せいめいじょうがず》』が現在、北京の故宮博物院に国宝として蔵されています。北宋の画家、張択端《ちょうたくたん》が描いたとされる作品です。誰が数えたのか、画中に五百八十七人の人物が描かれている、といわれていて、その中に、商人や農民に交じって役人と思われる人物も多数描写されています。みんなのんびりと清明節（春分の日から十五日目にあたる日で家族揃って先祖の墓参りに出かける）に近い春の日を楽しんでいる風情です。市の中心部にある高楼の警備に当たっているはずの役人も、同僚と談笑しているように見えます。運河をわたる船を見物する大勢の人々の中にも、かなりの数の役人が交じっていると思われます。

この絵に見られるように、一見すると繁栄している街並みにも、頽廃《たいはい》の影が忍び寄っています。こうした京師《みやこ》の暮らしに、王安石は強い拒否感を抱いていたのでしょう。

そんな王安石が開封に戻ったのは熙寧《きねい》元年（一〇六八年）、前年に英宗が崩御し、皇帝が神宗に替わってからのことです。王安石は四十八歳で、その翌々年、初めて欧陽脩と面会しています。欧陽脩は、やっと同郷の秀才に会えたと、喜びをあらわにしますが、王安石は、このときも欧陽脩に媚《こ》びて顕職を求めるでもなく、淡々と初対面の挨拶《あいさつ》を交わしたのみであったとの話が伝わっています。

中国で長いあいだ、王安石の人物としての評価が低かった最大の理由は、急進的な改革者としての厳しさによるものといえるでしょう。

王安石自身も認めていたように、彼の思想は、戦国時代の韓非子《かんぴし》（注⑰）や秦《しん》建国の立役者であった商鞅《しょうおう》（注⑱）などの「法家《ほうか》」の流れを汲むものです。現代的な表現をすれば「経験主義的合理主義者」ということになるでしょう。これは長く中華思想界の中心であった「儒家《じゅか》（儒教を奉じる一派）」の思想とは相容れないもので、蘇軾など士大夫《したいふ》階級（科挙出身の高級官僚層）の多くの人々が、考え方の根底に持っていた「老荘《ろうそう》」思想（老子や荘子を尊ぶ超俗的な考え方）や「道家《どうか》」思想（老荘思想を汲み、無為・自然であることを尊ぶ考え方）とも次元の異なる考え方でした。

また、王安石の欧陽脩に対する冷淡な対応が批判の対象にあげられることもあります。すでに文壇、そして政界の大立て者であり、同郷の先輩である欧陽脩に対する敬意が足りないと責められるのは、伝統的な儒教思想の下で、先輩・後輩の関係を重視する中国人の社会となれば、ある程度納得がいきます。

事実、彼は「変り者」「人情に薄い漢《おとこ》」として、軽蔑に値する人物とのレッテルが貼られていて、たとえば林語堂の『蘇東坡伝』における王安石への評価は辛辣《しんらつ》です。彼を「国家資本主義者」と断じ、「忠言に耳を貸さず過ちを改めようとしない意地っ張りな男」とみなし、人格的な欠陥を持った人物と酷評しています。

しかし、私の見方では、この評価は少々厳しすぎると思います。たしかに、人間的な温かみに欠けるきらいはありましたが「この世の中を何としても変えなければいけない」との強い使命感に支えられて、ひとつの時代を切り拓いた人物であったのではないでしょうか。

＊　＊

王安石が京師《みやこ》で欧陽脩と面会したころ、王安石の関心は中央政界での出世ではなく、別の方向つまりは文学の世界に向いていました。王安石は四十歳で、李白（注⑲）や杜甫など唐の詩人の作品を集めた『唐百家詩選《とうひゃっかしせん》』をものにしています。この書の中で王安石は、李白や王維（注⑳）などの詩を高く評価していますが、同時に王安石が最も強い共感を持って紹介したのは杜甫の作品でした。

王安石の死後、曾孫《ひまご》の王玨《おうかく》が編纂《へんさん》した『臨川先生文集《りんせんせんせいぶんしゅう》』の中で、王安石は特に杜甫の詩に深い愛着を感じていたことが明かされています。李白は生前から宮廷詩人として、その名声が知れ渡っていましたが、薄倖の詩人・杜甫は生前、高い評価を受けることもなく、死後、その作品も散逸していました。しかし、彼の詩を暗唱していた人々がいて、彼の死後もその詩は脈々と詠《よ》み継がれていました。のちに、杜甫の詩人としての評価を「詩聖《しせい》」と呼ばれるまでに高めたのは、王安石の功績が大きかったことは万人の認めるところです。才能がありながら世間から認められない杜甫の悲運の人生を、志をまげてまで出世を求めることのできない自分の姿に、王安石は重ねていたのかも知れません。

数多い王安石の詩の中で、最も有名なのは、梅の花を詠《うた》った次の五言絶句ではないでしょうか。

梅花　　　　梅《うめ》の花《はな》　　　　王安石

牆角數枝梅　　牆角《しょうかく》　数枝《すうし》の梅《うめ》
凌寒獨自開　　寒《かん》を凌《しの》いで　独《ひと》り自《みずか》ら開《ひら》く

遙知不是雪
爲有暗香來

遥《はる》かに知《し》る　是《これ》は雪《ゆき》ならずと
暗香《あんこう》の来《きた》る有《あ》るが為《ため》なりと

庭の片隅に梅の花が咲いている
厳しい寒さに負けずに　たったひとりで花開いている
雪のような白い花だが　雪ではないことが分かる
それは暗闇で　ほのかにいい香りがするからだ

起句《きく》、承句《しょうく》では目に映る梅の姿を素直に文字にしていますが、後半の転句《てんく》、結句《けっく》は、やや理屈っぽい感がしないでもありません。なお、この詩のように「起・承・転・結」の四句からなり、一句が五字の詩形を五言絶句、七字の詩形を七言絶句と呼びます。

私はこの詩が大好きで、選挙に落選した浪人中に、この詩を半紙に書いて自分を励ましていました。そのことを知った中日友好協会の友人が、有名な書家にこの詩を書いてもらって、わざわざ私に届けてくれました。その書を、私は今も大切にしています。

王安石は、数多くの詩や詞を残しています。詩だけに限っても二千四百首との記録があり、中でも、絶句に優れたものが多いとの評価が定着しています。これも杜甫との共通点です。

もうひとつ、王安石の当時の鬱々《うつうつ》とした心情を吐露する七言絶句も紹介しましょう。

省中《しょうちゅう》　　王安石

大梁《たいりょう》の春雪《しゅんせつ》　満城《まんじょう》の泥《どろ》
一馬《いちば》　常《つね》に落日《らくじつ》を瞻《み》て帰《かえ》る
身世《しんせい》　自《みずか》ら知《し》り　還《ま》た自《みずか》ら笑《わら》う
悠悠三十九年《ゆうゆうさんじゅうきゅうねん》の非《ひ》

省中

大梁春雪満城泥
一馬常瞻落日帰
身世自知還自笑
悠悠三十九年非

大梁（開封）は春の雪で　街の中はどこへ行っても泥ばかり
馬にまたがって　私はいつも陽が沈むのを見て帰る
私の来し方はよく知っている　そのことは自嘲《じちょう》するばかりだ

無駄に過ごした三十九年の人生は　全く意味のないものだった

詩題の「省中」とは、役所の中で、との意味です。また、詩中に「悠悠三十九年」とあるので、この詩が王安石三十九歳のときに作った詩だということが分かります。この時期、王安石は文学の世界に没頭し、前述したとおり、翌年には『唐百家詩選《とうひゃっかしせん》』を編集します。

仁宗の治世、王安石は三十代後半から四十代の、人生の盛りの時期に地方の官職をいくつか勤め上げたのち、母の逝去による服喪もあって、父の墓所である江寧《こうねい》（現在の南京市）に長く居を構えていました。仁宗のあとを継いだ英宗の治世がわずか四年で終わり、その子趙頊《ちょうこう》が皇位を継いで神宗となってから、王安石は動きだします。

若者はいつの時代にも改革の意欲に燃えるものですが、青年皇帝の神宗も例外ではなく、そうと知っての王安石の行動でした。神宗の熙寧元年（一〇六八年）四月、王安石は江寧より京師《みやこ》に上り、宋の改革の方向性を示した意見書を提出。この意見書が神宗皇帝の目に留まり、翌年の二月、王安石は四十九歳にして参知政事《さんちせいじ》になりました。参知政事は二名任命されるのを常とし、今でいう副総理に当たります。

一方、蘇軾はこの年、三十四歳。父の服喪が明け、開封に戻っています。

## 二 新法党と旧法党の対立

改革の意欲に満ちた若き皇帝の下で、王安石《おうあんせき》は、それまで温めていた改革案を矢継ぎ早に実行します。当時の宋が解決しなければならない喫緊の課題は財政改革です。宋の国是は、戦後の日本と同じように「軽武装・経済重視」でしたが、北西方面にいる異民族は常に国境を脅かしていました。特に仁宗《じんそう》の治世の後半から英宗《えいそう》の時代にかけて行なわれた西夏《せいか》との戦争は、軍事費を一気に膨らませることになり、国家財政の赤字が大幅に拡大します。この赤字を黒字に変えるには、無駄な歳出をカットして、同時に税収を増やすしか方法はありません。

王安石が手掛けた改革は、一括して『新法《しんぽう》』と呼ばれますが、真っ先に実施したのは「青苗法《せいびょうほう》」と呼ばれる政策です。それまで農民は、秋の収穫が終わると、翌年の作付けのための種もみや自分たちが食べる食料を地主から高利で借りていました。その借金を返せずに、土地を手放して小作農になるケースも増えていたのです。これでは国民の大多数を占める農民が窮乏するばかり。そこで王安石はこれを改め、地主に替わって国が農民に種もみや食料を貸し付ける制度に改変しました。もちろん、利子は徴収しますが、これまでの地主からの借り入れが一〇割近くの高利だったのに対し、二割の低利にしたのです。

次いで「免役法《めんえきほう》（募役法《ぼえきほう》）」を定めました。当時の農家は、規模に応じて一等戸から五等戸までに分けられ、上位の等戸ほど官に対して、多大な「差役《さえき》」と呼ばれる役務を提供しなければなりません。古代日本の「租《そ》」「庸《よう》」「調《ちょう》」の「庸《よう》」にあたる負担です。王安石はこの制度にも手を付けました。つまり、この「差役」について人手を提供するのではなく、「免役銭《めんえきせん》」と呼ばれる金銭の負担に置き換え、同時に、これまで差役の義務のなかった「官《かん》戸《こ》（主に科挙に合格して官僚になった家）」からも「助役銭《じょえきせん》」という名の税金を徴収し、民間の農家の負担を軽くしたのです。

さらに「保甲法《ほこうほう》」を定め、農村に民兵（自警団）を組織化し、農村の治安を守ることにしました。

加えて王安石は、今でいう税制改革として「方田均税法《ほうでんきんぜいほう》」を実施しました。つまり検地（田畑の測量・調査）を行なって、それに土地の肥瘦《ひそう》の状態を加味し、農地を一等から五等に分類したうえで、適正な税を課したわけです。検地の効果は、富農や豪商が隠し持っていた農地をあぶり出し、税収の増加にもつながりました。

このほかにも王安石は「市易法《しえきほう》」といって中小零細の商人を救済する政策も策定しました。官が物資を調達する際に、これまでは御用商人に指定された豪商に頼っていましたが、この範囲を中小零細の商人にまで拡大したのです。現代の中小企業に対する支援策と同じ内容の政策を打ち出したというわけです。

これらの「新法」はいずれも、既得権益を持つ豪商や地主にとっては大きな打撃になる政策で、当然、これに反対する人々もいます。

蘇軾も、王安石のあまりにも急激な改革に対して異議を唱えますが、それは自分の既得権益を守ろうというものではありません。考えようによっては、政治家としての蘇軾は現実主義者でした。そして何より「改革」という名の荒療治が本当に民百姓《たみひゃくせい》のためになっているかどうか、その一点で王安石の「新法」を評価したのだと思われます。

蘇軾は、この時期、杭州《こうしゅう》の通判《つうはん》（副知事）として、地方の人々の暮らし向きを直接、見聞きしています。実際に京師《みやこ》を離れて地方の農村や鎮《ちん》（小規模な街）を歩いてみると「王安石が推し進めた一連の改革は、かえって庶民の生活を圧迫しているのではないだろうか……」との疑念が、どうしても生じるのでしょう。蘇軾は神宗皇帝に上奏文を書いています。もちろん、現代風の言論の自由などはなかった時代ですが、官僚は皇帝に対して、自分の意見を具申できる制度がありました。蘇軾は「上神宗皇帝書《じょうしんそうこうていしょ》」という形で、神宗皇帝に三度、自分の意見を率直に述べています。また彼の得意とする詩作の世界でも、あるときは辛辣に、あるときはユーモアを交えて、王安石の「新法」を批判していました。

「新法」を擁護する立場の人々を「新法党」、これに反対する人々のグループを「旧法党」と呼びますが、この名づけをしたのは王安石自身だったといわれています。この話を聞いて、私が真っ先に思い出したのは、かつてわが国で、郵政民営化をめぐり、「守旧派」と「改革派」との対立構造を作った小泉純一郎《こいずみじゅんいちろう》氏のやりかたです。当時の政治家の中には、私が知る限り人格が高潔で有能な人物が「守旧派」のレッテルを貼られ、選挙区に「刺客《しかく》」を送り込まれ、選挙に敗れて引退した議員が何人もいました。残念なことです。

王安石の「新法党」に対する「旧法党」と呼ばれた官僚の中心には、一時期、王安石に期待を寄せた欧陽脩《おうようしゅう》がいます。欧陽脩は蘇軾が進士に合格したときの主任試験官であったことはすでに記しましたが、その関係もあって蘇軾は「旧法党」の主要メンバーと目されます。しかし実際のところ王安石を最も嫌っていたのは、蘇軾本人よりも父親の蘇洵《そじゅん》であり、また、父の親友であった張方正《ちょうほうせい》も王安石を蛇蝎《だかつ》のごとく嫌っていたのです。

蘇軾と王安石とは十五歳も離れています。王安石が改革に力を注いでいたとき、蘇軾は官僚としてはまだまだ駆け出し。欧陽脩は王安石より十四歳も年上です。こうした年齢差から考えても分かるように、王安石と丁々発止の論争を行なった「旧法党」の首魁《しゅかい》は、王安石より二歳年長の司馬光《しばこう》でした。司馬光は祖父から三代続いた進士の合格者で、現代の「原理的自由主義者」のような考え方の持ち主でした。彼の考え方を一言《ひとこと》でいえば「個人の能力も置かれた環境も異なる人々に貧富の差が生じるのは当然のことで、弱い者に手厚い保護を与えれば、社会全体の活力が失われる」というものです。司馬光はかたくなにそう信じて政治にあたっていました。

もちろん新法に反対する人々の中には、既得権益が奪われるとの危機感を持って、これに異を唱えた人々も少なくありませんでした。

神宗の前の皇帝であった英宗の妻の高太后《こうたいこう》（高氏《こうし》）（注㉑）もその一人でしょう。神宗皇帝は元豊《げんほう》八年（一〇八五年）に死去し、その後、哲宗《てつそう》（注㉒）が皇帝に即位しますが、当時、哲宗は十歳という幼さでしたから、祖母にあたる高氏が宮廷内の実権を握ります。高氏の周りには彼女の実家をはじめとして、新法の施行によって既得権益を奪われる高級官僚や豪農、豪商たちが集まってきました。司馬光は、こうした人々に祭り上げられて宰相となり、呂公著《りょこうちょ》らとともに、王安石が行なった数々の新法を次々と改めます。

＊　　　＊

一方、王安石自身は宰相にまで登り詰めましたが、神宗治世の晩年、すでに神宗に飽きられたことを悟り、蔡確《さいかく》（注㉓）、章惇《しょうとん》（注㉔）に宰相の座を譲って、元豊二年（一〇七九年）に引退してしまいました。その後、江寧《こうねい》に隠居、その十年後にはこの世を去っています。六十六歳でした。

高氏も元祐《げんゆう》八年（一〇九三年）には逝去し、哲宗の親政《しんせい》が始まると新法党は再び勢いを取り戻します。しかし、その哲宗が亡くなり、徽宗《きそう》（注㉕）が即位すると、今度は神宗の皇后の向氏《しょうし》が摂政になり、その向太后《しょうたいこう》（注㉖）は新法党と旧法党の和解に努めましたが、今度は旧法党が息を吹き返すことになっただけ。こうして宋王朝内の新法党と旧法党の争いは、いつ果てるともなく続き、激化の一途をたどるのでした。

ここで忘れてならないのは、なぜ、王安石が新法を始めたか、その動機です。すでに述べたように、国の西北では、西夏、契丹《きったん》、などの異民族国家が常に国境を脅かし、宋は平和を金で買うようなことも行ないましたが、軍事費は膨れ上がる一方でした。また国内にあっては、相変わらず豪商と富農が自分の懐《ふところ》を肥やすことばかりを考えていました。こうした実情を直視すれば、たしかに改革を避けては通れないのが実情だったといえるでしょう。

向太后の死後、徽宗《きそう》が親政を執ると章惇を宰相に任じ、王安石の娘婿の蔡汴《さいべん》が執政となった結果、三度《みたび》新法党は力を増します。長きにわたった新法党と旧法党の争いは、結局、宋王朝の力を内部から奪い、やがて宋は、国土の半分を異民族国家の金《きん》に譲り渡すことになったのでした。

新法党と旧法党に袂《たもと》を分かった王安石と蘇軾ですが、終生、互いの才能を認め合っています。たとえば王安石は蘇軾の詩『雪』を高く評価し、この詩に次韻して六首の詩を作っていますし、蘇軾は引退した王安石をわざわざ自宅に訪ね、詩の交換までしているのです。

二人の政治的な立ち位置は異なりますが、それによって相手の全人格を否定することはなく、個人の才能や人格はありのまま素直に尊重する――そうした寛容の精神が、この時代の人々のあいだには存在していたのではないでしょうか。



（注⑯）**真宗**《しんそう》……在位九九七～一〇二二年。宋の第三代皇帝。第二代の太宗皇帝の子。名は趙徳昌《ちょうとくしょう》。文治主義に徹するが、宮殿の造営などに巨費をつぎ込み、財政を圧迫した。道教に傾倒したことでも知られる。

（注⑰）**韓非子**《かんぴし》……生年不詳、没年紀元前二三三年。戦国時代の思想家、韓非《かんぴ》の尊称、または韓非とその門弟が書いた書物のこと。韓非子の出身は戦国時代の韓《かん》。儒家の荀子《じゅんし》に学ぶ。荀子は孟子《もうし》の「性善説《せいぜんせつ》」に対し、「性悪説《せいあくせつ》」を主張。しかし、その性悪な人間を「徳」によって矯正することを説く荀子に対して、韓非子は「法」によって取り締まることを主張した。なお、荀子の門下生としては、のちに秦の丞相《じょうしょう》になった李斯《りし》がいる。秦王《しんおう》（のちの始皇帝）に面会して、その説を聞き入れられるも、韓非子の才能を嫉妬した李斯の陰謀によって投獄され、自殺に追い込まれた。書物としての『韓非子《かんぴし》』は、韓非の死後、生前の韓非の言葉に、弟子が加筆して書かれたもので、法家思想《ほうかしそう》を集大成した書として読み継がれた。

（注⑱）**商鞅**《しょうおう》……生年不詳、没年紀元前三三八年。戦国時代の衛《えい》の公子の出身。姓は公孫《こうそん》または衛《えい》。最初に魏《ぎ》に仕えたが、その後、秦《しん》の孝公《こうこう》（在位紀元前三六一～前三三八年）に仕え、二度にわたる大改革を進めて、秦を強国にした。商《しょう》（現・陝西省商県《きょうせいしょうしょうけん》）の君主に封じられたことから商鞅と呼ばれる。孝公の死後、その子の恵文王《けいぶんおう》の時代になると、改革に反対する貴族らの誹謗《ひぼう》によって、車《くるま》裂《さ》きの刑に処せられる。

（注⑲）**李白**《りはく》……七〇一～七六二年？　母が彼を身ごもったとき、宵《よい》の明星《みょうじょう》（金星）が胎内に入った夢をみたことから、太白《たいはく》（金星）と名づけられた。父は西域との貿易を行なっており、異民族との説がある。四十二歳のときに玄宗《げんそう》皇帝に召され、翰林供奉《かんりんぐぶ》として宮廷詩人となるが、その奔放な振る舞いによって三年間で京師《みやこ》を追われる。その後、長い放浪の旅が始まる。その死についても、月の夜、今の南京に近い采石磯《さいせきき》で長江に船を浮かべて遊び、水面に映った月を掬《すく》おうとして河に転落し、溺死したとの伝説がある。「詩仙《しせん》」と称され、酒に関する多くの詩を残しているが、『春夜桃李園《しゅんやとうりえん》に宴《うたげ》するの序《じょ》』にみられるように、名文家としても高い評価を得ている。

（注⑳）**王維**《おうい》……七〇一～七六一年？　盛唐の政治家・詩人。字《あざな》は摩詰《まきつ》。自らの名を維摩経《ゆいまきょう》の維摩詰《ゆいまきつ》（釈《しゃ》迦《か》の弟子として仏教強化に努めた人物）にちなんだことからも分かるように、仏教に深く帰依した。二十一歳で科挙の試験に合格し、進士となる。美男子で琵琶《びわ》の名手としても有名。安禄山《あんろくざん》の乱では、心ならずも賊軍に仕官することとなった。賊軍が敗れて、王維の行動が問題にされるが、弟の王縉《おうしん》が庇《かば》ってくれたため、ことなきを得た。王縉はのちに大宗《たいそう》皇帝の宰相となる。王維は都の東南、藍《らん》田山《でんさん》の麓にある別荘「輞川荘《もうせんそう》」で、詩作や絵画の制作に励み、「輞川荘」をまとめた。

### ◆二

（注㉑）**高太后**《こうたいこう》**（高氏）**……一〇三二～一〇九三年。英宗皇帝の皇后。宋の名将といわれた曹彬《そうひん》の曾孫《ひまご》。仁宗皇帝の慶暦七年（一〇四七年）、のちの英宗皇帝と結婚。哲宗皇帝即位後、摂政として政治の実権を握り、蘇軾ら旧法派を重用する。六十三歳で死去。

（注㉒）**哲宗《てっそう》**……在位一〇八五～一一〇〇年。宋の第七代皇帝。第六代皇帝神宗の第六子。名は趙傭《ちょうよう》。十五年の在位期間中、前半は祖母である宣仁太后高氏《せんじんたいこうこうし》の摂政政治。後半になって哲宗の親政が行なわれる。二十四歳で崩御。哲宗の時代が、新法党と旧法党の抗争が最も苛烈だった。

（注㉓）**蔡確《さいかく》**……一〇三七～一〇九三年。王安石に認められ登用される。元豊五年（一〇八二年）右僕射兼《うぼくしゃけん》中書侍郎《ちゅうしょじろう》（宰相に相当）。その後、数々の疑獄事件に関係するなど評判は悪く、司馬光が実権を握るとただちに左遷される。

（注㉔）**章惇《しょうとん》**……一〇三五～一一〇五年。王安石に見出され、熙寧《きねい》一〇年（一〇七七年）、参知政事《さんちせいじ》になる。高太后の摂政政治時代、司馬光の復活により汝州《じょしゅう》知事に左遷される。哲宗親政になり、尚書左僕《しょうしょさぼく》射《しゃ》、門下侍郎《もんかじろう》に就任。曾布《そうふ》、蔡汴《さいべん》らと旧法派に対して徹底した弾圧を行なう。

（注㉕）**徽宗《きそう》**……在位一一〇〇～一一二六年。宋の第八代皇帝。第六代皇帝の第十一子（六男）。名は趙《ちょう》佶《きつ》。皇太后（神宗皇帝の妻）向氏《こうし》の後押しで皇帝になる。「風流天子《ふうりゅうてんし》」と呼ばれ、芸術を愛し、自らも書画をものにする。「痩金体《そうきんたい》」と呼ばれる独特の書風で有名。『水滸伝』で悪役として描かれた蔡京《さいきょう》（宰相。権勢欲のかたまり）を重用。一一二六年、金軍が開封を占領。徽宗は家族とともに五国城《ごこくじょう》（現・黒竜江省依蘭県）に連れ去られ、五十四歳で死去。北宋最後の皇帝となる。

（注㉖）**向太后《しょうたいこう》（向氏）**……一〇四六～一一〇一年。神宗皇帝の皇后。真宗皇帝の時代に丞相だった向《しょう》敏中《びんちゅう》の曾孫《ひまご》。草書の能書家としても有名。哲宗皇帝の崩御後、政治の中枢で働くが、半年後に病床に就くと政治の実権を徽宗《きそう》皇帝に返還する。建中靖国元年（一一〇一年）に亡くなる。

第三章

# 水光瀲灎晴方好《すいこうれんえんとして　はれてまさによし》

## 一　杭州時代の蘇軾

熙寧《きねい》四年（一〇七一年）、蘇軾《そしょく》は杭州通判《こうしゅうつうはん》として杭州に赴任します。通判は元々、節度使を監督する目付け役でしたが、その後の制度改革で、蘇軾が務めたのは主に経済面を担当する副知事にあたる職と考えればいいでしょう。杭州は昔から「上有天堂　下有蘇杭」（天上には天国があり、地上には蘇州、杭州がある）、「生在蘇州　住在杭州」（生まれるなら蘇州、住むなら杭州）といわれた風光明媚《めいび》な景勝地です。

杭州の中心には西湖《せいこ》と呼ばれる、さほど大きくない天然の湖があります。この湖は、古くは銭塘江《せんとうこう》（浙江《せっこう》省を流れる大河）の入り江で、川の堆積物が入り江を埋める際、取り残されて湖となったものです。西湖には四つの島があり、うち二つは極めて小さく、西北部にある最大の島を孤山《こざん》と呼びます。孤山の南の周囲には、九世紀に杭州の知事になった白居易《はくきょい》（注㉗）が作った堤防とされる白堤《はくてい》があります。しかし、実は白居易の作った堤防は早くに流失してしまい、その後、白居易が知事になる前に作られていた白砂堤《はくさてい》に白堤の名前をつけて、白居易が作ったことにしているのです。

蘇軾がこの時代からほぼ十八年後、再び杭州の地に赴き、今度は知事として築いた堤防は、西湖の西側を南北に縦断する形になっています。この堤防は今でも残っているので、観光案内などでは「西湖の南北を走るのは蘇軾が作った〈蘇堤《そてい》〉、東西をまたぐのが白居易の作った〈白堤《はくてい》〉」と説明されていて、私も杭州で西湖を遊覧した際に、そうした説明を受けました。事実とは異なりますが、あまり細かい点に目くじらを立てないほうがいいでしょう。

現在、蘇堤の湖を隔てた対岸には、清《しん》朝末期に呉昌碩《ごしょうせき》(注㉘)らが作った学術団体として有名な「西泠印社」があります。西泠印社は、「西冷印社」と書き間違えられることがありますが、正しくはさんずいの「西泠印社」です。そのすぐ隣には、清の道光《どうこう》帝の時代に開業し、魯迅《ろじん》(注㉙)や孫文《そんぶん》(注㉚)も訪れたことのある有名な料理店「楼外楼《ろうがいろう》」があり、多くの西湖の遊覧客が、名物の「西湖醋魚《シーフツゥイー》」や「東坡肉《トンポーロー》」に舌鼓を打っています。

＊　＊

杭州はまた、名刹《めいさつ》が数多くあり、名刹のあるところには名僧も多いことから、蘇軾は杭州に赴任するにあたり、欧陽脩《おうようしゅう》に願って杭州の名僧を紹介してもらいました。欧陽脩が紹介したのは恵勤《けいきん》という名の僧で、蘇軾はもう一人、恵勤の兄弟弟子《でし》である恵恩《けいおん》という名の僧とも親交を結びました。

蘇軾はしばしば孤山を訪ね、恵勤、恵恩の二人と談笑し、詩詞を賦《ふ》して優雅な時間を過ごしました。

臘日游孤山訪恵勤恵恩二僧

天欲雪
雲滿湖
樓臺明滅山有無
水清出石魚可數
林深無人鳥相呼
臘日不歸對妻孥
名尋道人實自娯

臘日《ろうじつ》　孤山《こざん》に游《あそ》び　恵勤恵恩《けいきんけいおん》の二僧《にそう》を訪《と》う

天《てん》　雪降《ゆきふ》らんと欲《ほっ》し
雲《くも》　湖《みずうみ》に満《み》つ
楼台《ろうだい》は明滅《めいめつ》し　山《やま》は有無《うむ》
水清《みずきよ》くして石《いし》を出《いだ》し　魚《うお》　数《かぞ》う可《べ》し
林深《はやしふか》く人無《ひとな》くして　鳥《とり》　相呼《あいよ》ぶ
臘日《ろうじつ》　帰《かえ》りて妻孥《さいど》に対《たい》せず
名《な》は道人《どうじん》を尋《たず》ねて　実《じつ》は自《みずか》ら娯《たの》しむ

道人之居在何許
寶雲山前路盤紆
孤山孤絶誰肯廬
道人有道山不孤
紙窗竹屋深自暖
擁褐坐睡依圓蒲
天寒路遠愁僕夫
整駕催歸及未晡

出山迴望雲木合
但見野鶻盤浮圖
玆游淡薄歡有餘
到家怳如夢蘧蘧
作詩火急追亡逋
清景一失後難摹

道人《どうじん》の居《きょ》は　何《なん》の許《ところ》にか在《あ》る
宝雲山前《ほううんざんぜん》　路《みち》　盤紆《ばんう》す
孤山《こざん》　孤絶《こぜつ》にして　誰《たれ》か肯《あえ》て庵《いおり》せん
道人《どうじん》　道《みち》有《あ》り　山《やま》　孤《こ》ならず
紙窓《しそう》　竹屋《ちくおく》　深《ふこ》うして　自《おの》ずから暖《あたた》かなり
褐《かつ》を擁《よう》し　坐睡《ざすい》して　円蒲《えんぼ》にて依《よ》る
天寒《てんさむ》く　路遠《みちとお》く　僕夫《ぼくふ》を愁《うれ》えしむ
駕《が》を整《ととの》え　帰《かえ》るを催《うなが》して　未《いま》だ晡《ほ》ならざるに及《およ》ぶ

山《やま》を出《い》でて迴望《かいぼう》すれば　雲木《うんぼく》　合《がっ》す
但《ただ》見《み》る　野鶻《やこつ》の浮図《ふと》に盤《ばん》せるを
玆《こ》の游《あそ》び　淡薄《たんはく》なれども歓《よろこ》び余《あま》り有《あ》り
家《いえ》に到《いた》れば　怳《こう》として夢《ゆめ》の蘧蘧《きょきょ》たるが如《ごと》し
詩《し》を作《つく》りて　火急《かきゅう》に　亡逋《ぼうほ》を追《お》う
清景《せいけい》一《ひと》たび失《しっ》すれば　後《のち》に摹《も》し難《がた》し

十二月のある日孤山に遊び恵勤、恵恩の二人を訪ねた

今にも雪が降りそうだ
雲が西湖一面を覆っている
多くの楼台《ろうだい》も見え隠れする　山々もときどき姿を消す
水は澄んでいて　石も頭を出し　魚の数も一匹二匹と数えられるくらいだ
林は深く　人の気配はなく　鳥が仲間を呼び合っている
師走だというのに家に帰って妻子とともに過ごそうとはしない
高僧と歓談しようとしているが　自分の楽しみを求めているだけだ
高僧の庵《いおり》はどこにあるのだろうか
宝雲山《ほううんざん》の前の路は曲がりくねっている
孤山はさびしいところで　あえて庵《いおり》を結ぶ人は稀《まれ》だ
しかし仏教の道を悟った高僧がいるから孤山は孤独な山ではない

庵は紙の窓　竹の屋根で粗末なものだが　なかは暖かい
粗末な衣服でも車座になって布団をかければ眠くなってくる
寒空で帰りの路が遠いので従者は浮かない顔だ
駕篭《かご》の準備ができたと急き立てられ　帰ったのはまだ六時になっていなかった
孤山を出て振り返れば夕暮れで雲も木もひとつになっている
ハヤブサが寺の塔の上をぐるぐる回っているのが見える
この遊びはにぎやかなものではないが　その歓びは心に残る
家に着いたら　まるで夢から覚めてわれに返ったようだが
早く詩を作ろう　捕り手が犯人を追うような急《せ》いた思いだ
今まで味わった風情は一度忘れてしまったら　もう詩には表わせない

蘇軾の杭州での勤務は、熙寧四年（一〇七一年）秋から三年後の熙寧七年（一〇七四年）秋まで続きました。その後「御史台《ぎょしだい》の獄《ごく》」に繋《つな》がれ、黄州《こうしゅう》に左遷されるなどの辛苦を経て、元祐《げんゆう》四年（一〇八九年）に浙西路総督《せっせいろそうとく》として再び杭州に赴任することになります。

杭州での暮らしは、詩人としての蘇軾の感性をいたく刺激したのでしょう。杭州時代に多くの詩作をものにしています。次に紹介するのは熙寧六年（一〇七三年）の作で、西湖を詠《うた》った詩としてあまりにも有名な作品です。

飲湖上初晴後雨二首

湖上《こじょう》に飲《うたげ》せしが初《はじめ》は晴《は》れ後《のち》は雨《あめ》ふれり　二首《にしゅ》

其一

其《そ》の一《いち》

朝曦迎客艶重岡
晩雨留人入酔郷
此意自佳君不會
一杯當屬水仙王

朝曦《ちょうぎ》　客《かく》を迎《むか》えて重岡《ちょうこう》　艶《えん》なり
晩雨《ばんう》　人《ひと》を留《とど》めて　酔郷《すいきょう》に入《い》らしむ
此《こ》の意《い》　自《おの》ずから佳《か》なるに　君《きみ》は会《かい》せずや
一杯《いっぱい》　当《まさ》に　水仙王《すいせんおう》に属《ぞく》すべし

朝日が昇って客を迎えるとき　山々が重なって何とも艶《なま》めかしい

夕方の雨は人を引き留めて　酔郷に誘う
この素晴らしい境地を　君は理解できるだろうか
この一杯を西湖の水の神様に捧げよう

其二

水光瀲灎晴方好
山色空濛雨亦奇
欲把西湖比西子
淡粧濃沫總相宜

其《そ》の二《に》

水光《すいこう》　瀲灎《れんえん》として　晴《は》れて方《まさ》に好《よ》し
山色《さんしょく》　空濛《くうもう》として　雨《あめ》も亦《また》　奇《き》なり
西湖《せいこ》を把《と》って　西子《せいし》に比《ひ》せんと欲《ほっ》すれば
淡粧《たんしょう》　濃抹《のうまつ》　総《すべ》て相宜《あいよろ》し

さざ波に映る水の光は　晴れた日にこそ素晴らしい
細かい雨が降って山々の景色がぼんやり浮かぶさまも風情がある
西湖のすがたを美人の誉れ高い西施《せいし》にたとえてみれば

淡い装い　濃い化粧も　総てみな趣がある

どちらの詩も西湖を詠った傑作だと思われますが、人口に膾炙《かいしゃ》しているのは「其の二」の詩ではないでしょうか。特に西湖の風光明媚な様子を美人の西施（注㉛）にたとえているところが、多くの人々の興味を集めたのだと思われます。わが国の江戸元禄時代に活躍した俳人松尾芭蕉《まつおばしょう》（注㉜）の『おくのほそ道』にある一句「象潟《きさかた》や　雨に西施が　ねぶの花」が、蘇軾のこの詩を踏まえて作られていることは、この詩が当時の日本人にもよく知られていたことの証左です。

杭州の三年間は、蘇軾にとってこのうえなく充実した日々だったと思います。生涯で約三百首といわれる蘇軾の詞に限ってみても、現存する『蘇軾詞集』に集められた詞は熙寧《きねい》五年には二首だったのが、翌熙寧六年には五首、熙寧七年には四十二首となり、一年で四十二首の詞を作った年はほかにないことが記録されています。

「許されるなら、杭州の地でもっと長く暮らしたい」と蘇軾は思ったことでしょう。しかし、当時の官僚は、ひとつの任地では三年が満期で、満期を過ぎると別の任地に赴かなければならない決まりだったのです。

## 二 徐州での治水工事

熙寧《きねい》七年（一〇七四年）、すでに七年におよぶ神宗《しんそう》皇帝の治世で、人々のあいだには改革疲れというか、改革に飽いた空気がただよい、それは宮廷にも伝わります。今や王安石《おうあんせき》は、かつてのように神宗皇帝の庇護《ひご》を受けられなくなったことを悟り、神宗によって任じられた宰相の職を辞したのは前述のとおりです。

代わって呂恵卿《りょけいけい》（注㉝）が参知政事《さんちせいじ》（副総理）に任じられ、新法を推し進めます。この年、蘇軾《そしょく》は三十九歳にして密州《みつしゅう》の知事になりました。密州は現在の山東省の青島付近に位置しています。このとき、弟の蘇轍《そてつ》は斉州《せいしゅう》（現在の山東省済南市《せいなんし》）に赴任しており、少しでも弟に近い任地にということで、蘇軾は密州を選んだとされています。

蘇軾はその後、熙寧九年（一〇七六年）、徐州《じょしゅう》（江蘇省徐州市《こうそしょうじょしゅうし》）の太守《たいしゅ》（知事）に任じられるなど、比較的落ち着いた環境の中で地方勤務を続けていました。特に徐州の太守を務めた時期は、蘇軾が行政官としての手腕を思う存分振るった時期でもあります。徐州は黄河流域にあり、古くから交通の要所として幾度も戦場になった土地です。

日中戦争の不幸な歴史の中でも、一九三八年、日本軍と中国の国民党軍のあいだで有名な「徐州会戦」が行なわれました。日本軍は約二か月かけて徐州城内に攻め込みますが、国民党軍はすでに撤退したあとで、城内はもぬけの殻でした。

また、一九四八年の秋から翌年一月にかけての国共内戦では、徐州をめぐる「淮海戦役《わいかいせんえき》」があり、鄧小平《とうしょうへい》や劉伯承《りゅうはくしょう》ら、のちの中国共産党指導者が指揮する共産党軍が国民党軍に勝利しました。この戦いで国共内戦の帰趨《きすう》が決したといわれています。


みなさんがご存じの『水滸伝《すいこでん》』は、明《みん》代に巷《ちまた》に流布していた講談をまとめた物語ですが、この書で宋江《そうこう》率いる反乱軍の根拠地として有名な「梁山泊《りょうざんぱく》」も、徐州の付近にあった設定になっています。『水滸伝』の「滸」の字は「ほとり」の意味ですから、徐州には、反乱軍が身を隠すのに都合のいい水辺がたくさんあったことが窺《うかが》えます。

『水滸伝』は、北宋の末期、蘇軾もすでに鬼籍に入り、徽宗《きそう》皇帝の政治が乱れたときに、一〇八人の豪傑たちが世直しのために立ち上がり、官軍相手に胸のすく活躍をする物語です。

私も少年時代に、吉川英治氏の手になる『水滸伝』をむさぼるように読んだ記憶があります。

物語で徽宗皇帝の側近として悪役ぶりを発揮するのが、殿師府大尉《でんしふたいい》（近衛軍の隊長）を務める高俅《こうきゅう》です。少年時代の私は、小説を読みながら高俅の横暴ぶりに大いに怒りを募らせたものですが、その高俅に関してこんな逸話があることをのちに知りました。無頼漢だった高俅は、その昔、下級役人として蘇軾の下で働いたことがあったのです。部下をいたわる蘇軾の態度に接し、高俅は恩義を感じ、蘇軾亡きあと、その遺族を援助し続けたといいます。高俅にもいいところはあったのです。

＊　＊

さて、蘇軾が徐州の太守として赴任した熙寧一〇年（一〇七七年）秋に、徐州は大洪水に襲われます。古来、中国では「水を治める者は国を治める」といわれたように、治水対策は政治家にとって、ことのほか重要な仕事です。徐州地方を洪水が襲ったのは、蘇軾が着任してからわずか三か月後のことですから、事前に洪水対策を講じる暇《いとま》はもちろんありません。蘇軾の手腕が高く評価されたのは、洪水が起きてからの対処の迅速さと大胆さであったといえます。

徐州城の城壁の下まで水が押し寄せ、城壁が崩れるのはもはや時間の問題となったため、城壁の中の住民は避難し、役人も逃げ始めました。しかし蘇軾は、断固として現場から離れることを拒み、自ら先頭に立って住民を鼓舞し、ついには駐留していた禁軍（皇帝直属の軍隊）にまで応援を頼み込みました。当時、軍の統帥権は皇帝にあり、地方の官僚にはありませんから明らかに越権行為でしたが、こうして黄河の水を旧水道に迂回させる防波堤の工事を短時間で完成させるなどして、黄河の濁流が城内へ流入してくるのを間一髪で防いだのです。蘇軾が手掛けた長さ約四キロにもおよぶ堤防は「徐州蘇堤《じょしゅうそてい》」として、その遺跡が現在も残っています。

治水工事が完成した神宗の元豊《げんほう》元年（一〇七八年）には、徐州城の東門の上に「黄楼《こうろう》」と呼ばれる楼（高い建物）を建てました。この楼に登れば、徐州の街が水害に見舞われるかどうかを早期に判断できるわけです。

現在も徐州の郊外の黄河のほとりに「黄楼」が建っています。もちろん、この建物は蘇軾が指揮して作らせた「黄楼」ではなく、一九八八年に建築されたものですが、現在に至るまで存在し続けるのは蘇軾が徐州の人々に慕われていることの証でしょう。蘇軾はのちに、杭州でも大規模な治水工事を行ない、西湖に堤防を築きました。それも「蘇堤」と呼ばれ、今日に伝わっています。蘇軾はこうした治水工事に力を入れ、人民の生活の安寧に心を砕いた政治家・官僚として、長く人民から愛され続けているのです。

## 三 最初の受難「御史台の獄」

突然の災難が蘇軾《そしょく》を襲ったのは元豊二年（一〇七九年）、蘇軾が徐州での任を終え、湖州《こしゅう》（浙江省湖州市）の知事に任じられた直後のことでした。湖州は現在に至るまで「湖筆《こひつ》」と呼ばれる筆の名産地として知られています。

蘇軾の着任はこの年の四月、湖州の知事官舎で逮捕されたのが七月二十八日、京師《みやこ》、開封《かいほう》（汴京《べんけい》）の「御史台《ぎょしだい》」に送られたのは八月十八日と記録にあります。御史台は官僚の犯罪を取り締まる検察庁のような組織ですが、監獄を備えていて、ひとたび獄に繋《つな》がれると、連日厳しい取り調べが行なわれます。

問題にされたのは、かつて蘇軾が『戯子由』（子由《しゆう》に戯《たわ》ぶる）と題する詩を作り、そこで新法党を揶揄《やゆ》したことでした。

『戯子由』は熙寧《きねい》四年（一〇七一年）、蘇軾が杭州《こうしゅう》の通判《つうはん》として着任早々に作った詩です。詩題に「戯」の文字があるように、弟の蘇轍《そてつ》（子由）を相手に、当時の世相を斜めに見て作った作品でした。

戯子由　　子由《しゆう》に戯《たわ》ぶる

宛丘先生長如丘　　宛丘先生《えんきゅうせんせい》　長《ちょう》なること丘《おか》の如《ごと》し
宛丘學舍小如舟　　宛丘《えんきゅう》の学舎《がくしゃ》　小《しょう》なること舟《ふね》の如《ごと》し

（中略）

宛丘《えんきゅう》とは現在の河南省の淮陽県《わいようけん》にある丘のことで、弟の蘇轍は、この直前、王安石《おうあんせき》の新法党を批判して京師《みやこ》を追われ、当時の陳州に教授として迎えられていました。宛丘先生とは弟の蘇轍を指します。蘇轍は、長身で、体格もよく、長いひげを蓄えた偉丈夫であったこと

から、

「宛丘先生（蘇轍）は長身で、まるで丘のようだ。その君が教鞭をとる学校は舟のように小さい」

と弟をからかうような表現で詩を始めます。

詩は七言三十句からなる長編で、「絶句」や「律詩」と異なり、句数に決まりがない「古詩」に属し、その詩の中ほどに次のような句があります。

讀書萬巻不讀律　読書万巻《どくしょまんかん》なるも律《りつ》を読《よ》まず
致君堯舜知無術　君《きみ》を尭舜《ぎょうしゅん》に致《いた》すこと　術無《すべな》きを知《し》る
勸農冠蓋閙如雲　農《のう》を勧《すす》むる冠蓋《かんがい》は閙《さわが》しきこと雲《くも》の如《ごと》し
送老虀鹽甘似蜜　老《ろう》を送《おく》る虀塩《せいえん》は蜜《みつ》の如《ごと》し

君は万巻の書物を読んでいるが　法律書は読んでいない
今の天子の治世を尭《ぎょう》や舜《しゅん》（徳をもって天下を治めたという古代中国の伝説的名君たち）のような治世にしようと思っても　やりようがないことは分かっている

農業振興だといって役人たちは雲霞《うんか》の如くやってくるが
君は生涯、野菜に塩をつけて食べ　蜜のようだと自慢するだけだ

蘇軾は当時の知識階級の多くがそうであったように、儒教はもちろん、老荘思想にも色濃く染め上げられていたので、衛《えい》の商鞅《しょうおう》など、法家《ほうか》の思想（厳格な法に基づいて国家を治めるべしという考え方）には根っからの嫌悪感を示しているのです。一方の王安石は『商鞅』と題する七言絶句をものにするなど、法家の思想を尊重している事実があります。

後段の農業政策に対しても、王安石らの新法党は、前述したように『青苗法《せいびょうほう》』『免役法《めんえきほう》』『方田均税法《ほうでんきんぜいほう》』など大きな改革を行ない、その成果を確認するために、官僚が地方を頻繁に視察していました。このことに関して蘇軾の詩は「それで果たして農民の暮らしは本当によくなったのだろうか？」と新法に疑問を呈しているのです。

この詩が新法党の面々を刺激したことは容易に想像がつきます。

＊　＊

さらに問題になったのは、蘇軾が杭州の通判時代に、管内の民情を視察した折に作った詩でした。そもそも、蘇軾がそれまでの開封での勤務を辞して、地方での勤務を願い出たのは、京師《みやこ》では王安石が参知政事《さんちせいじ》となり、新法を強力に推進していたからにほかなりません。新法党が幅を利かす京師《みやこ》にいることは自分の意に沿わないという思いから地方勤務を願い出て、新しい任地が杭州に決まったわけです。杭州での生活が蘇軾にとって大いに快適であったことは前述のとおりですが、中央に対する複雑な思いが、管内の民情を視察することをつうじて、沸々《ふつふつ》と湧いてきたに違いありません。

そこで生まれたのが次の詩です。

山村五絶　其三

老翁七十自腰鎌
慚愧春山筍蕨甜
豈是聞詔解忘味
爾來三月食無鹽

山村《さんそん》　五絶《ごぜつ》　其《そ》の三《さん》

老翁《ろうおう》　七十《しちじゅう》　自《なお》　鎌《れん》を腰《こし》にす
慚愧《ざんき》す　春山《しゅんざん》　筍蕨《じゅんけつ》の甜《あま》きを
豈《あに》　是《これ》　詔《しょう》を聞《き》いて　解《よ》く味《あじ》を忘《わす》れしならんや
爾来《じらい》　三月《さんげつ》　食《しょく》に塩《しお》無《な》し

七十歳になった年寄りでも鎌《かま》を腰にさしている
ありがたいことに　春の山の　筍《たけのこ》や蕨《わらび》は　何と甘くておいしいことか
舜が作った「韶《しょう》」の音楽を聞いて孔子様は三か月も肉の味を忘れてしまったそうだが
とんでもない　こちらは三か月も塩気《しおけ》のない食事を強いられている

王安石は、塩の専売制度の厳格化を求め、密売を禁止したため、庶民はかえって塩を手に入れにくくなりました。この詩がそのことを皮肉った作品であることは誰の目にも明らかでしょう。

山村五絶　其四

杖藜裏飯去怱怱
過眼青錢轉手空
贏得兒童語音好

山村《さんそん》　五絶《ごぜつ》　其《そ》の四《よん》

藜《れい》を杖《つえ》つき飯《はん》を裹《つつ》んで　去《さ》ること　怱怱《そうそう》たり
眼《め》を過《す》ぐれば　青銭《せいせん》は手《て》を転《てん》じて空《むな》し
贏《か》ち得《え》たり　児童《じどう》の語音《ごおん》の好《よ》きを

一年強半在城中
一年《いちねん》の強半《きょうはん》は城中《じょうちゅう》に在《あ》ればなり

藜《あかざ》の茎を杖にして弁当を腰に　慌ただしく出かけたが
手にした銅銭は瞬く間に人手に渡り　懐《ふところ》は空っぽだ
残ったものは　子どもが話す言葉から田舎訛《なま》りがなくなったことくらいのものだ
それもそうだろう　一年のほとんどは故郷に帰れないのだから

この詩が、王安石の改革の目玉であった『青苗法』の現実を批判するものであることは、蘇軾自身が、御史台の取り調べの役人に供述していることからも明らかです。蘇軾は御史台で自分の詩詞にかけられた嫌疑に対して、包み隠さず詩詞を作ったときの自身の思いを述べていて、それが『烏台詩案《うだい》』として残されています。「烏台」とは御史台の別称で、役所の庭の樹木に烏が群生していたことに由来します。

たしかに、『青苗法』は農民の救済を目的とした法律で、富裕な地主が農民に高利で種もみを貸し付けることを止めさせ、代わって国が農民に低利で貸し付ける制度でした。しかし、国の仕事は昔も今も煩雑な手続きが必要になり、農民は役所のある街まで、何日もかけて出向かなければなりません。

街に長逗留《ながとうりゅう》すれば費用がかさむし、街には遊興の場所もあり、ときには借金漬けになって郷里に帰れなくなるケースも出てきます。農民や家族にとって、決していいことばかりの改革でなかったのは事実でしょう。

蘇軾は任地で目のあたりにした新法の負の部分を、ユーモアとかなりの皮肉を込めて詩にしたのですから、新法党の面々にとって面白いはずはありません。その報復に御史台の監獄で、連日の厳しい取り調べが続きますが、蘇軾はへこたれませんでした。


蘇軾が逮捕、拘禁された背景には、王安石のあとを継いだ呂恵卿《りょけいけい》の危機意識があったと推測されます。新法擁護派の呂恵卿は、王安石不在の不安から、厳しく旧法党に対処しなければ自分の身も危うくなると感じ、旧法党に対して過剰反応を起こしたのではないでしょうか。

連日の過酷な取り調べにあって、蘇軾も一時は死を覚悟したようです。獄中で弟の子由に宛てたこんな詩を作っています。その一首を紹介しましょう。

予以事系御史臺獄
予《よ》　事《こと》を以《もっ》て御史台《ぎょしだい》の獄《ごく》に系《つなが》れる

獄吏稍見侵
自度不能堪
死獄中　不得一別子由
故作二詩授獄卒　以遺子由

聖主如天萬物春
小臣愚暗自亡身
百年未滿先償債
十口無歸更累人
是處青山可埋骨
他年夜雨獨傷神
與君世世爲兄弟
又結來生未了因

獄吏《ごくり》　稍《やや》　侵《おかし》見《み》る
自《みずか》ら度《はか》りて　能《よ》く堪《た》えざる
子由《しゆう》に一別《いちべつ》得《え》ざりて獄中《ごくちゅう》に死《し》す
故《ゆえ》に二詩《にし》を作《つく》り獄卒《ごくそつ》に授《さず》けて　子由《しゆう》に遺《のこ》す

聖主《せいしゅ》は天《てん》の如《ごと》く　万物《ばんぶつ》は春《はる》なるに
小臣愚暗《しょうしんぐあん》にして自《みずか》ら身《み》を亡《ほろ》ぼす
百年《ひゃくねん》　未《いま》だ満《み》たざるに先《ま》ず債《さい》を償《つぐな》う
十口《じっこう》　帰《き》する無《な》く　更《さら》に人《ひと》を累《るい》す
是《いた》る処《ところ》の青山《せいざん》　骨《ほね》を埋《うず》む可《べ》し
他年《たねん》の夜雨《やう》　独《ひと》り神《たましい》を傷《いた》ましめん
君《きみ》と　世世《せぜ》　兄弟《きょうだい》と為《な》りて
又《また》　来生《らいせい》で未了《みりょう》の因《いん》を結《むす》ばん

聖明な天子の恩は遍《あまね》く天下を照らし　物みな春なのに
愚かな私は自分で身を亡ぼすことになった
百年の天寿も全うできずに　先に前世の罪《とが》を償うことになった
十人の家族は依《よ》るすべもなく　さらに君を煩わすことになるだろう
私の骨を埋める場所は何処《どこ》にだってあるが
いつの日にか　君は一人で夜の雨を聴きながら心を傷つけることだろう
君とは幾世でも兄弟と為《な》って
いまだ終わらない因縁を来生でまた結び合おう

詩中の「他年夜雨獨傷神」（他年《たねん》の夜雨《やう》　独《ひと》り神《たましい》を傷《いた》ましめん）の句は、第一章の「辛《しん》丑《ちゅう》十一月十九日……」の詩に込められた「夜雨対床《やうたいしょう》」の願いを想起させます。子由と誓い合った「いつの日にか二人で寝床を並べて眠り、さびしい夜の雨の音を共に聴こう」との約束を果たせずに自分は死んでしまうから、君は一人で夜の雨音を聴くことになり、さぞさびしい思いをすることだろうと嘆いています。

このあとに紹介する「黄州寒食《こうしゅうかんしょく》の雨《あめ》」の詩もそうですが、蘇軾の詩には頻繁に雨が登場します。のちの南宋の陸游《りくゆう》にも雨の詩が多いことから、今は亡き漢学の大家、吉川幸次郎先生は、『宋詩概説』（岩波書店、中国詩人選集二集1）の中で「唐人の詩には、その激情をあおるものとしてしばしば現れる二つの自然がある。一つは夕日、一つは月……それに対して宋人のしばしば現れるのは雨である」と指摘しています。

＊　＊

実は、宋の時代は一部の例外を除いて、裁判で政敵に死罪を申しわたす例はほとんどなかったことが、多くの歴史の事実から浮かび上がっています。蘇軾の場合も、神宗《しんそう》が彼の身を気遣って、侍従を獄中に面会に行かせています。その影響もあったのでしょう。この年の年末、百余日におよぶ拘束ののち、蘇軾は出獄し、検行尚書水部員外郎《けんこうしょうしょすいぶいんげろう》、黄州団練副司《こうしゅうだんれんふくし》に任じられ、黄州《こうしゅう》「安置《あんち》」を命じられます。形ばかりの官職に就いた体裁こそ取っていますが、「安置」とは幽閉《ゆうへい》と同義語で事実上の流刑です。

それでも蘇軾は長かった勾留を解かれたその日に、拘束期間中に作った詩に自ら「畳《じょう》韻《いん》」（後述）して、次の詩を作っています。

十二月二十八日
蒙恩責授檢行水部員
外郎黄州團練副使
復用前韻二首

百日歸期恰及春
殘生樂事最關身
出門便旋風吹面
走馬聯翩鵲啅人
却對酒杯渾是夢
試拈詩筆已如神
此災何必深追咎
竊祿從來豈有因

十二月《じゅうにがつ》二十八日《にじゅうはちにち》
檢行水部員外郎《けんこうすいぶいんげろう》　黄州団練副使《こうしゅうだんれんふくし》の責《せき》に
恩《おん》を蒙《こうむ》り
復《また》　前《まえ》の韻《いん》を用《もち》いて二首《にしゅ》

百日《ひゃくじつ》の帰期《きき》　恰《あたか》も春《はる》に及《およ》ぶ
残生《ざんせい》の楽事《らくじ》　最《もっと》も身《み》に関《かか》わる
門《もん》を出《い》でて便旋《べんせん》すれば　風面《かぜおもて》を吹《ふ》く
馬《うま》を走《はし》らせれば聯翩《れんぺん》として鵲《かささぎ》は人《ひと》に啅《さえず》る
却《かえ》って酒杯《しゅはい》に対《たい》すれば渾《すべ》て是夢《これゆめ》
試《こころ》みに詩筆《しひつ》を拈《と》れば已《すで》に神《かみ》の如《ごと》し
此《こ》の災《わざわ》い　何《なん》ぞ必《かなら》ずしも深《ふか》く追《お》い咎《とが》めん
禄《ろく》を竊《ぬす》むこと従来《じゅうらい》なり　豈《あに》　因《ゆか》り有《あ》るや

百日の囚《とら》われの身で獄を出るともう春だ
残りの人生がどうなるか気になるが
獄門を出て振り返れば　春風が顔をなでる
馬に乗って走れば鵲《かささぎ》が群れて飛び　人にまつわる
酒を飲めばこれまでのことが夢のよう
詩を賦《ふ》そうと筆を執れば天にも昇る心地
今回の災いをあれこれ考えるのはやめよう
役立たずの税金泥棒であることはこれまでどおりだろうから

「畳韻《じょういん》」は次韻《じいん》の一種で、この詩のように、前に自分で作った詩の韻脚をそのまま使って詩作することを指します。

改めて九十九頁の獄中で死を覚悟して弟の子由に遺した詩と比べてください。つまり、ここでは第一句の「春《シュン》」、第二句の「身《シン》」、第四句の「人《ジン》」、第六句の「神《シン》」、第八句「因《イン》」が同じ韻脚で、これをうまく使ってこの詩を作っているわけです。

なお、他人が作った詩に対して、同じ韻脚を何度も重ねて詩作することを畳韻と呼ぶこともあります。

宋の時代に士大夫階級が裁判で死罪を言いわたされることがなかった背景には、宋の太祖《たいそ》（建国の祖）、趙匡胤《ちょうきょういん》（注㉞）が石に刻んだ「石刻遺訓《せきこくいくん》」の存在が大きな役割を果たしていたとされています。

その遺訓の第一には、太祖に皇帝の位を禅譲した後周《こうしゅう》王室の柴《さい》一族を守るべきとの内容が書かれていました。この遺訓は宋の歴代王朝で皇帝に即位した者だけが見ることができ、宰相といえどもこの遺訓を知ることはできませんでした。のちに金が宋を亡ぼし、皇居に踏み込んで初めて、この「石刻遺訓」の存在が明らかになりました。宋の歴代王朝は太祖の遺訓に従って、柴氏の子孫を大事に守ったことはいうまでもありません。

その遺訓の第二が、士大夫に対しては言論を理由に殺してはならないというものでした。太祖は、即位の経緯からして、血生臭い戦争や抗争を経ないで誕生した皇帝だったゆえの訓戒といえるでしょう。

後周王室の幼帝・柴宗訓《さいそうくん》からの禅譲を受けた太祖は、国是に「軽武装・経済重視」の政策を掲げたと前述しましたが、戦争や殺戮《さつりく》が嫌いな皇帝であったことは事実です。太祖は、死に臨んで、こうした遺訓を石に刻んで遺したわけです。

## 四 南唐 李煜の死

血生臭い殺戮を好まなかった宋の太祖（趙匡胤）ですが、投降した王朝の君主を毒殺したと伝わる例があります。

宋が天下を統一する際、最後まで残ったのが、金陵《きんりょう》（現在の南京）を首府とし、豊かな江南の地を支配下におさめた唐です。三百年の輝かしい歴史を残して九〇七年に滅びた唐と区別するために、のちの歴史家は南唐と呼びますが、自らは滅んだ唐の正統な後継者として王朝を唐と称していました。

李煜《りいく》は、その唐王朝の三代目にして最後の君主です。李煜は日本では知る人ぞ知る存在ですが、中国では多くの人々がその名前を知り、その作品を愛唱しています。

一九八三年、アジアの歌姫といわれる鄧麗君（テレサ・テン）の『淡淡幽情《たんたんゆうじょう》』とタイトルがついたＣＤが発売されました。そのＣＤの中でテレサ・テンが李煜の詞を歌ったことから、中国の若者のあいだでも李煜の詞が一躍有名になりました。元々「詞」は楽曲に乗せて歌う歌詞ですから、こうして歌手によって歌い継がれるのが本来の姿です。しかし、もちろん、当時の曲は失われて存在しないので、現代の作曲家である劉家昌《りゅうかしょう》氏によって、新たな曲が創作されました。劉氏の手になる曲は、詞が作られた当時の情緒を再現したものと高く評価されています。

『淡淡幽情』のＣＤに収められ、テレサ・テンによって歌われた李煜の詞は『相見歓《そうけんかん》』（烏《う》夜啼《やてい》ともいう）、『虞美人《ぐびじん》』、『烏夜亭《うやてい》』の三首で、曲のタイトルは、それぞれ『独上西楼』、『幾多愁』、『臙脂涙』となっています。ここでは次の二首を紹介しましょう。なお、第一章で紹介した弟想いの蘇軾《そしょく》が子由《しゆう》に向けて作詞した『水調歌頭《すいちょうかとう》』も、『但願人長久』のタイトルでこのＣＤの中に収録されています。

相見歡（烏夜啼）　　相見歓《そうけんかん》（烏夜啼《うやてい》）　　李煜

無言獨上西樓　　言《こと》も無《な》く独《ひと》り西楼《せいろう》に上《のぼ》れば

月如鉤
寂寞梧桐深院　鎖清秋
翦不斷
理還亂
是離愁
別是一般滋味　在心頭

月《つき》は鉤《かぎ》の如《ごと》く
寂寞《せきばく》たり　梧桐《ごどう》しげれる深《ふか》き院《にわ》の　清《きよ》い秋《あき》を鎖《とざ》す
翦《き》りても断《た》たれず
理《ととの》えて還《ま》た乱《みだ》るるは
是《これ》ぞ離《わか》れの愁《うれ》い
別《べつ》に是一般《これいっぱん》の滋味《じみ》の　心頭《しんとう》に在《あ》り

言葉もなく　独りで　西の楼に上れば
三日月は、鉤のようだ
青桐《あおぎり》の茂る奥深い庭には清い秋が閉じ込められているようで寂寞《せきばく》感がただよっている
この思いを絶ち切ろうとするが　断てない
気持ちを整えようとするが　また乱れてしまう
これぞ　別離の愁い
しかし　これもまた一種の深い味わいが　心に宿る

李煜は父の李璟《りえい》のあとを継いで南唐の君主につきましたが、南唐を興した祖父の李昪《りべん》を前主《ぜんしゅ》、父の李璟を中主《ちゅうしゅ》、李煜を後主《こうしゅ》と呼ぶことから、李煜を李後主《りこうしゅ》と呼ぶのが一般的です。

李後主が南唐の君主のあとを継ぐ前年に、宋の太祖が後周《こうしゅう》の恭帝《きょうてい》から帝位の禅譲を受けました。こうした流れを見て、李煜は宋の太祖に対して貢物を送り、敵意はなく、平和共存を望む意を示しています。しかし、経済的に豊かな江南の地を領土とする南唐ですから、宋にとって、その地の領有に対する野心は捨てがたいものがありました。

李煜は、政治・軍事より学問や書画、音楽の類を好み、彼の書斎の『澄心堂《ちょうしんどう》』には王羲之《おうぎし》（注㉟）の書を多く集めていたとされています。宮廷の建物の造りも豪華で、香の香りが絶えず、后《きさき》の大周后は当代一の琵琶《びわ》の名手でした。また、のちに中国の宮廷の女性に広まった纏足《てんそく》（女性が足を小さく・美しく見せるための性的な習慣）も、李煜が思いついたとの説があります。

南唐に対する宋からの圧力をひしひしと感じた李煜は、九七一年、弟の李従善《りじゅうぜん》を開封《かいほう》（汴京《べんけい》）に送り、宋との和睦を求めます。しかし、宋の太祖は、従善を南唐の都・金陵に返さず、国号を「江南《こうなん》」に改めたうえで、李煜に「江南国主」と称するよう強制しました。

こうした緊張関係が二年余り続き、九七四年、宋軍は南唐に攻め込みます。南唐は長江を天然の濠《ほり》として利用し、一年余り持ちこたえますが、翌年の十一月、ついに金陵の城は宋軍によって攻め滅ぼされました。李煜は一族郎党四十五人と開封に連行され、異国の地での幽閉が始まります。先ほど紹介した『相見歓』（烏夜啼）は、このときに作った詞です。

＊　　＊

もう一首、『虞美人《ぐびじん》』と詞牌《しはい》（詞の楽曲の名前）がついた詞を紹介します。この詞は、李煜が四十二歳の生涯で最後に作った詞とされています。宋の太祖の後を継いだ太宗は、李煜がこの詞を作り、なお故国に対する断ちがたい望郷の念を失わないことを知りました。太宗はこれに激怒して、彼の誕生日に毒の入った酒を贈り、それを飲んだ李煜が亡くなったと伝わっています。

虞美人　　李煜

春花秋月何時了
往時知多少

虞美人《ぐびじん》

春《はる》の花《はな》　秋《あき》の月《つき》　何時《いつ》か了《きわ》まる
往時《おうじ》　知《し》んぬ多少《いくばく》ぞ

小樓昨夜又東風
故国不堪回首　月明中
雕欄玉砌依然在
只是朱顔改
問君都有幾多愁
恰似一江春水　向東流

小楼《しょうろう》に　昨夜《さくや》又《また》も東風《とうふう》
故国《ここく》は回首《かいしゅ》するに堪《た》えず　月明《つきあ》かりの中《うち》
雕欄《ちょうらん》　玉砌《ぎょくせい》　依然《いぜん》として在《あ》るに
只是《ただこれ》　朱顔《しゅがん》　改《あらた》まる
君《きみ》に問《と》う　都《すべ》て幾多《いくた》の愁《うれ》い有《あり》やと
恰《あたか》も似《に》たり　一江《いっこう》の春水《しゅんすい》の東《ひがし》を向《さ》して流《なが》るるに

春の花　秋の月　毎年のように変わることなく　それぞれの季節を彩《いろど》る
昔のことが　数限りなく　想い起こされる
私の住まいの小さな高殿《たかどの》に　昨夜また　東の風が吹いた
月明かりの中　故国を　振り返って眺めないわけにはいかない
彫刻を施した欄干《らんかん》や　玉を敷き詰めた庭は　今もそのまま残っているだろう
しかし私の若かった容貌《ようぼう》は　すっかり衰えてしまった
一体全部でどのくらいの愁《うれ》いがあるのか　自問自答している
長江を流れる春の水が　東へ向かって流れていくように　自分の悲しみは尽《つ》きることがない

宋の京師《みやこ》の開封に幽閉され、すでに二年の歳月が流れ、故国に還《かえ》るあてもない李煜にとって、欝々《うつうつ》たる気持ちを慰めるのは、高殿《たかどの》に登って春の風に吹かれ、遠きふるさとの地を偲《しの》ぶことでした。しかし、それとて故国への思いがさらに募《つの》るだけだったことでしょう。

李煜の死は、宋の太平興国《たいへいこうこく》三年（九七八年）七月七日、李煜の四十二歳の誕生日に、宋の太宗から贈られた誕生祝の毒酒を飲んだことに因《よ》るとされています。

この詞を作った時期は、詞中に「小樓昨夜又東風《しょうろうさくやまたとうふう》」の句があるので、七月の誕生日の前、季節は春のことだと思われます。李煜はこのときすでに、精神的に追い詰められていたことが分かります。太宗から贈られた酒に毒が入っていたことを知りながら、李煜はそれを自分の運命と受け止め、自ら酒をあおって命を絶ったのでしょう。

宋の建国にあたり、太祖は帝位を禅譲した後周の恭帝を厚遇することを石に刻んで、のちの皇帝に伝え、二代目の太宗は恭帝を護ることは順守したものの、一方で、恭順の意を表しながらも、最後まで故国への愛を断ち切れない南唐の李煜を毒殺したといわれています。李煜は宋王朝の元々の家臣ではないとはいえ、一見すると相矛盾したルールが宋の時代を通して存在していたことは明らかです。

## 一

（注㉗）**白居易**《はくきょい》……七七二〜八四六年。中唐の詩人、政治家。字《あざな》は楽天《らくてん》。号は酔吟《すいぎん》先生。鄭州新鄭県《ていしゅうしんていけん》（現・河南省）に生まれる。二十九歳で科挙の試験に合格。『長恨歌《ちょうごんか》』（玄宗皇帝と楊貴妃の深い愛とその顛末を詠った詩）の作者として有名。中央では翰林学士《かんりんがくし》となるが、杭州、蘇州の刺史《しし》（行政長官）として、杭州では治水工事に注力。七十一歳で退官。七十四歳で『白氏文集《はくしもんじゅう》』（全七十五巻）を完成させ、翌年に死去。日本の平安文学に多大の影響を与えた。

（注㉘）**呉昌碩**《ごしょうせき》……一八四四〜一九二七年。清朝末期から近代にかけて活躍した画家・書家・篆刻家《てんこくか》。浙《せっ》江省安吉県《こうしょうあんきつけん》生まれ。名は俊卿《しゅんけい》。字《あざな》が昌碩《しょうせき》。杭州の西湖湖畔《せいここはん》で結成された「西泠印社《せいれいいんしゃ》」の初代社長。篆書《てんしょ》に新様式を確立した。

（注㉙）**魯迅**《ろじん》……一八八一〜一九三六年。本名は周樹人《しゅうきじん》。字《あざな》は予才《よさい》。魯迅《ろじん》はペンネーム。中国の近・現代の文学者。代表作は『阿Q正伝《あきゅうせいでん》』。浙江《せっこう》省紹興生まれ。日本に留学、仙台医学専門学校に入学。弟は周作人《しゅうさくじん》（文学者・日本文化研究者）。妻は許広平《きょこうへい》（魯迅の教え子・婦人運動家）。

（注㉚）**孫文**《そんぶん》……一八六六〜一九二五年。字《あざな》は逸山《いつざん》。号は中山《ちゅうざん》。中国の政治家。広州生まれ。初めは医師であったが、のちに革命運動に没頭。日本に亡命し『中国革命同盟会』を結成。その綱領で「三民主義」をうたう。辛亥革命《しんがいかくめい》で臨時大統領に就任。その後、政権を袁世凱《えんせいがい》に譲る。

（注㉛）**西施**《せいし》……生没年不詳。中国戦国時代の美人。中国四大美人の一人とされる。西子とも呼ばれる。越（現・浙江《せっこう》省紹興）の生まれ。越王勾践《えつおうこうせん》から呉王夫差《ごおうふさ》へ献上され、夫差は西施の美しさに魂を抜かれ、それがために越王勾践に敗れたと伝えられている。ちなみに中国の四大美人は、「王昭君《おうしょうくん》、貂蝉《ちょうせん》、楊貴妃《ようきひ》、西施」の四人。貂蝉は実在の人物ではなかったとの説がある。

（注㉜）**松尾芭蕉**《まつおばしょう》……一六四四〜一六九四年。江戸時代の俳諧師《はいかいし》。三重県上野（現・伊賀市）出身。「俳《はい》聖《せい》」として世界的にも知られている。元禄二年（一六八九年）に江戸を発ち、東北・北陸地方を旅した際の紀行文『おくのほそ道』は有名。

**二**

（注㉝）**呂恵卿**《りょけいけい》……一〇三二～一一一一年。字《あざな》は吉甫《きっぽ》。泉州晋江県《せんしゅうしんこうけん》（現・福建省泉州市晋江県）出身。仁宗、英宗、神宗、哲宗、徽宗の五人の皇帝に仕える。熙寧七年（一〇七四年）王安石が宰相を辞し、参知政事となるが、翌年罷免されていくつかの州知事となる。徽宗の政和元年（一一一一年）、蔡京などの排撃を受けて京師《みやこ》を去り、同年没。

**三**

（注㉞）**趙匡胤**《ちょうきょういん》……在位九六〇～九七六年。太祖《たいそ》と呼ばれる宋の初代皇帝。後唐《こうとう》の近衛軍の将校だった趙弘殷《ちょうこういん》の次男として洛陽《らくよう》に生まれる。後周《こうしゅう》の世宗が崩じたのち、七歳の恭帝《きょうてい》が即位。そのすきを突いて北漢が軍を進めるにあたって、幼帝に不安を感じた軍人や文官が、皇帝の印である黄袍《おうほう》を趙匡胤に着せて、皇帝に担ぎ上げた。その後、恭帝は趙匡胤に正式に皇帝の位を禅譲した。

**四**

（注㉟）**王羲之**《おうぎし》……三〇三～三六一年。「書聖《しょせい》」と称えられている。父は淮南太守《わいなんたいしゅ》を務めた王曠《おうこう》。兄は王籍《おうせき》之《し》。会稽内史《かいけいないし》・右軍将軍《うぐんしょうぐん》となるも、官僚としては恵まれない人生を送る。『蘭亭序《らんていじょ》（叙）』の筆者として名を後世に残し、彼の書は楷書体《かいしょたい》、隷書体《れいしょたい》の基本になっている。行草体《ぎょうそうたい》についても、ひとつのスタイルを確立している。とはいえ、王羲之の真筆は現在、一点も残っていない。肉筆といってものちの時代の別人による複製の書である。子の王献之《おうけんし》の書も高い評価を得ている。

第四章

# 飽得自家君莫管《じかをあかしうれば　きみかんするなかれ》

## 一　黄州への左遷

蘇軾《そしょく》が流された黄州《こうしゅう》は、現在の湖北省黄岡県《こうこう》にあたり、漢口《かんこう》に程近い長江のほとりの小さな城市《まち》です。蘇軾は一足《ひとあし》遅れてくる家族を待つあいだ、城市《まち》の郊外の定恵院《じょうけいいん》という名の寺院に居候することにしました。侘《わび》しいたたずまいの小さな寺院でしたが、彼はこの仮住まいがいたく気に入って約四か月間、寺の僧侶と起居をともにしました。このころ作った詩が次の七言律詩です。

初到黄州

自笑平生爲口忙
老來事業轉荒唐
長江繞郭知魚美
好竹連山覺筍香

初《はじ》めて黄州《こうしゅう》に到《いた》る

自《みずか》ら笑《わら》う　平生《へいぜい》　口《くち》の為《ため》に忙《ぼう》なるを
老来《ろうらい》　事業《じぎょう》　転《うた》た荒唐《こうとう》なり
長江《ちょうこう》　郭《かく》を繞《めぐ》って　魚《うお》の美《び》なるを知《し》る
好竹《こうちく》　山《やま》に連《つら》なって　筍《じゅん》の香《こう》ばしきを覚《おぼ》ゆ

逐客不妨員外置
詩人例作水曹郎
只慙無補絲毫事
尚費官家壓酒嚢

逐客《ちくかく》　妨《さまた》げず　員外《いんがい》の置《ち》なるを
詩人《しじん》　例《れい》として　水曹《すいそう》の郎《ろう》と作《な》りぬ
只慙《ただは》ず　糸毫《しごう》の事《こと》に補《おぎな》う無《な》くして
尚《なお》　官家《かんか》　圧酒《あっしゅ》の嚢《のう》を費《つい》やすことを

これまで口がもとであれこれ禍《わざわい》を起こしたことは我ながら笑ってしまう
年をとっても私のすることといえば荒唐無稽なことばかりだった
この地は城郭を長江がめぐっていて　魚がことのほか美味しい
山々に連なる竹林には　筍《たけのこ》の香ばしい香りがする
流刑の身では役人の数にも入らないだろうが
詩人はなぜかいつも水部《すいぶ》の役が回ってくる
何の役にも立たない　吹けば飛ぶような自分を恥じてはいるが
そんな自分にも役所は　酒絞りの嚢《ふくろ》を支給してくれるのだ

水曹《すいそう》とは尚書省《しょうしょしょう》の中の部局で、工部《こうぶ》の下にある水部《すいぶ》（河川管理の役所）を指します。蘇軾は水部員外郎《すいぶいんがいろう》（局長の下の職）の肩書で黄州に赴任しています。しかし、肩書は名ばかりで、実際には流刑の身のうえです。唐の詩人張籍《ちょうせき》（注㊱）も、かつて水部の役人を務めたことを蘇軾は思い出したのでしょう。

逆境の中にあって、凡人ならば悲嘆にくれた暗い詩を作るでしょうが、蘇軾の詩はあくまでも明るくユーモアを含んでいます。

また、この地では魚が美味しいし、新鮮な筍も食べられると、食物に大きな関心を持っていることを明かしています。蘇軾はこののちも左遷の地で、その地方特有の美味しい食べ物に関心を持ち続けました。食べることは生きることの原点ですから、生への飽くなき思いがあったのでしょう。

多くの人が蘇軾の詩に惹《ひ》かれるのは、彼の類まれな、明るく、前向きな生き方が、詩の一つひとつに滲《にじ》み出ているからではないでしょうか。

詩句には登場しませんが、おそらく寺院の僧侶と連れだって、長江のほとりや竹林を散策しながら得た詩想を、寺に帰って一人で賦《ふ》した詩だと思われます。

＊　　＊

かつて蘇軾は、杭州《こうしゅう》でも孤山《こざん》にある寺院の僧侶と真っ先に友情を交わしました。そして黄州でも最初の友人に選んだのが、この地の僧侶です。よほど仏教に親近感があったと思われますが、ここで当時の中国の仏教界の様子を探っておきましょう。

中国では古来、土着の宗教として道教が存在しましたが、西から仏教が伝わり、漢の時代を経て魏《ぎ》、南北朝と仏教は徐々に社会に浸透し始めます。隋《ずい》の文帝（在位五八一～六〇四年）は一時期、仏教を禁止しますが、わずか数年で禁止令は解かれ、隋の時代には以前にも増して仏教が広まりました。

唐の時代、仏教界に起こった最大の出来事は、玄奘《げんじょう》（注㊲）が天竺《てんじく》（インド）を訪れて大量の経典を持ち帰ったことです。持ち帰った経典はサンスクリット語で書かれていますから、これを漢語に翻訳しなければなりません。玄奘は初め長安の弘福寺《こうふくじ》、のちには慈恩寺《じおんじ》にこもって翻訳作業に没頭します。翻訳した経典は全部で七十五部、千三百三十五巻にもなったそうです。この経典を納めたのが西安に今も残る、慈恩寺《じおんじ》の境内の一角に建てられた大雁塔《だいがんとう》で、唐の太宗《たいそう》はわざわざ『大唐三蔵聖教序《だいとうさんぞうせいきょうじょ》』を書いて、玄奘の壮挙を讃《たた》えています。

玄奘のほかにも高宗《こうそう》（在位六四九〜六八三年）の時代に、義浄《ぎじょう》が天竺にわたり、大量の経典を持ち帰りました。それらの経典の中で、ことに有名なのが『華厳経《けごんきょう》』です。

唐の時代には仏教が各派に分かれて、それぞれ布教を行なっています。主だった宗派としては玄奘の法相宗《ほっそうしゅう》、義浄の華厳宗《けごんしゅう》があり、このほかに、天台宗《てんだいしゅう》、禅宗《ぜんしゅう》、密宗《みっしゅう》、浄土宗《じょうどしゅう》など現在の日本にも受け継がれている主要な宗派が存在しました。

北魏の末期、達磨大師《だるまだいし》（注㊳）を開祖として生まれた禅宗は、唐代に入って、神秀《じんしゅう》を始祖とする北派と慧能《けいのう》を始祖とする南派との二つに分かれます。

わが国の有名な寺院でいえば、奈良の薬師寺、興福寺が法相宗、東大寺が華厳宗の、それぞれ本山となっています。

盛唐の詩人、王維《おうい》は、弟の王縉《おうしん》とともに深く仏教に帰依《きえ》していたことで有名です。王維は字《あざな》を摩詰《まきつ》と称していましたが、この名は『維摩経《ゆいまきょう》』の主人公であり、文殊菩薩《もんじゅぼさつ》と問答する維摩詰《ゆいまきつ》から採っています。都の長安で高僧と交わり、一緒に座禅を組み、詩を賦していたのです。また彼は妻を三十代で喪ったあとは、仏教の教えに従い、その後の生涯を独身で過ごしています。

唐代でも、武宗《ぶそう》（在位八四〇〜八四六年）の会昌《かいしょう》年間、およびその後の後周《こうしゅう》の世宗《せいそう》（注㊴）

（在位九五四〜九五九年）の時代には廃仏の動きがでました。また、仏教の勢力が大きくなり、寺院が経済的にも大きな力を持ったため、経済的な利害対立で朝廷と仏教界が衝突した歴史があります。

宋の時代に入ると、仏教は帝室の庇護を受けて再び隆盛を極めます。唐代にあった多くの宗派は、この時代にそれぞれが和解・融合を進め、大きな勢力として禅宗と浄土宗が残りました。

禅宗は座禅などの難行《なんぎょう》を積むことが教養形成に役立つとされ、主に貴族階級に普及し、浄土宗は「南無阿弥陀仏《なむあみだぶつ》」の念仏を唱える易行《えきぎょう》に因《よ》って極楽浄土に到ることができるとの教えから、主に庶民階級に信者を得るといった具合に、両者に棲《す》み分けができたのもこの時代の特徴です。ちなみに、蘇軾が杭州や黄州で通ったのは禅宗の寺院だったと思われます。

＊　＊

元豊《げんほう》三年（一〇八〇年）五月、蘇軾の家族が弟の蘇轍《そてつ》に伴われて黄州に着きます。大勢の家族が来たので寺に住むわけにはいかなくなり、長江のほとりにある臨皐亭《りんこうてい》と呼ばれる住まいに移ります。臨皐亭はその名のとおり、長江に臨む粗末な住居で、元々は駅亭といって長江を行き来する官員が一時的な休息所として使っていた亭《あずまや》です。給料もほんのわずかで、三男七女に二人の女婿《じょせい》まで加えた大家族は、窮乏生活を余儀なくされます。しかし蘇軾本人は、長江の対岸に武昌《ぶしょう》の山並みを眺めることができるこの住まいをいたく気に入っていたようです。

蘇軾は黄州に着いてすぐ、友人の秦太虚《しんたいきょ》に宛てた手紙の中で、当時の窮状を率直に綴っています。蘇軾には日記を書く習慣はありませんでしたが、日記と同じように友人に宛てて日々の暮らしぶりを克明に記したのでした。

「家族の数が多いので、極力倹約していますが、毎日一五〇文はかかります。そこで毎月の初めに、一五〇文ずつを小さな袋に分けて、天上の梁《はり》にぶら下げておきます。毎日、朝早く梁から一袋《ひとふくろ》下ろして、一日の生活費をここから使うわけです。もし余りが出れば、竹筒に入れて貯めておき、友人が来たときにはここから支払いをします。今の手持ちの金で一年はもちますが、金がなくなれば、そのときのことです。」

御史台《ぎょしだい》の獄《ごく》で、毎日、死の恐怖に直面していた蘇軾でしたが、百三十日の拘留ののちに、やっと出獄します。しかし、ほっとする暇《いとま》もなく、黄州では生活苦との厳しい戦いの日々です。それでも蘇軾は、絶望することなく前向きに生きます。

翌年、蘇軾は黄州城外の東にあった兵営の跡地を開墾して、ここに坡《つつみ》を築きました。その坡の傍らに書斎をひらいて、そこを「東坡雪堂《とうばせつどう》」と称し、自らも東坡居士《とうばこじ》と名のります。「居士」は、今では亡くなった男子の戒名の下につける文字として知られていますが、元来、在家で仏教の修行をする者の意味です。また、仕官しないで家に「居る」「士（おとこ）」の意もありますが、蘇軾は在家で修行している人の意味で、居士を称したと思われます。この名前からも、蘇軾が深く仏教に帰依していたことが分かります。

蘇軾は、この地で、畑を作り多くの野菜を育て、官服を脱ぎ、粗末な衣服を身に着け、農民と同じような生活をしました。

黄州でのそんな過酷な生活の中で、蘇東坡が工夫して創った料理が有名な「東坡肉《トンポーロー》」です。彼は「東坡肉」を詠《うた》った戯《ざ》れ歌《うた》を作っています。

食猪肉

黄州好猪肉
價錢等糞土
富者不肯喫
貧者不解煮
慢著火
少著水
火候足時他自美
毎日起來打一碗
飽得自家君莫管

黄州の豚肉は旨《うま》い
値段は土塊《つちくれ》のように安い
金持ちは食べないし

猪肉《ちょにく》を食《しょく》す

黄州《こうしゅう》の猪肉《ちょにく》は好《よ》し
価銭《かせん》は糞土《ふんど》に等《ひと》し
富者《ふうしゃ》は肯《あえ》て喫《きっ》せず
貧者《ひんじゃ》は煮《に》るを解《かい》せず
慢《ゆる》やかに火《ひ》をつけ
水《みず》は少《すく》なめに
火候《かこう》足《た》るとき　他《た》は自《おの》ずから美《び》なり
毎日《まいにち》　起《お》き来《きた》って　一碗《いちわん》を打《つ》る
自家《じか》を飽《あ》し得《う》れば　君《きみ》　管《かん》する莫《なか》れ

貧乏人は　料理の仕方を知らない
ゆっくり火にかけ
水は少なめに
火が十分に通れば　自《おの》ずから美味しくなる
毎日　一人分作っているが
自分が腹いっぱいになればそれでいい　君には関《かか》わりのないことだ

前述したように、杭州の西湖《せいこ》湖畔にある老舗の料理店「楼外楼」の名物料理はこの「東坡《トンポー》肉《ロー》」で、訪れる観光客の多くがこの料理を注文します。しかしながら、蘇東坡がこの料理を考案したのは杭州時代ではなく、流刑地の黄州であったことは歴史的な事実です。とはいえ、蘇軾はその後、再び杭州知事に就任しますから、そのときに黄州で創作した「東坡肉」を作って食べたこともちろんあるでしょう。ですから、杭州の名物料理とすることには何の無理もありません。

ただ、蘇軾が黄州での貧しい生活の中で、当時、見向きもされなかった豚のあばら肉に目をつけ、創意工夫によって新しい料理にしたことから窺《うかが》えるのは、彼のグルメぶりというよりも生活に対する前向きな姿勢ではないでしょうか。私はそのことにこそ心を動かされるのです。蘇軾はまた、黄州で「東坡湯《トンポータン》」と呼ばれる野菜スープも考案しています。白菜を中心に大根やなずなを煮込んだスープで、元々は貧者が食べるスープを工夫して美味しく調理したようです。精進料理を食べる僧侶に勧めて好評を博したようですが、このスープは「東坡肉」の陰に隠れて、現在はほとんど知られていません。

## 二 黄州寒食の雨

翌年の春、蘇軾《そしょく》は有名な「黄州寒食の雨《こうしゅうかんしょくのあめ》」の詩を賦《ふ》します。この詩に対する私自身の私的な感慨は「はじめに」で述べたとおりです。さて「寒食節《かんしょくせつ》（「かんじきせつ」とも読む）」は冬至から数えて百五日目、「清明節《せいめいせつ》」の前日がその日にあたります。この日は、炊事に火の使用を禁止して、あらかじめ用意した冷たい食べ物を口にする習慣があることから「寒食節」の名があるわけです。

「清明節」は旧暦の三月十日前後、現在の暦では四月五・六日ごろにあたり、気候もよくなったこの日は、家族で連れだって郊外に出て、墓参と同時に春の野遊びをする日でした。しかし、蘇軾が黄州で過ごした元豊《げんほう》五年（一〇八二年）の寒食の日は連日の雨で、外出もままならなかったことが、この詩から窺《うかが》えます。

寒食雨　二首　其一

自我來黄州
已過三寒食
年年欲惜春
春去不容惜
今年又苦雨
兩月秋蕭瑟
臥聞海棠花
泥汙燕脂雪
暗中偸負去

寒食《かんしょく》の雨《あめ》　二首《にしゅ》　其《そ》の一《いち》

我《われ》　黄州《こうしゅう》に来《きた》りし自《よ》り
已《すで》に三《み》たびの寒食《かんしょく》を過《す》ごせり
年年《ねんねん》　春《はる》を惜《お》しまんと欲《ほっ》すれども
春去《はるさ》って　惜《お》しむを容《い》れず
今年《こんねん》　又《また》　雨《あめ》に苦《くる》しむ
兩月《りょうげつ》　秋《あき》　蕭瑟《しょうひつ》たり
臥《ふ》して聞《き》く　海棠《かいどう》の花《はな》の
泥《どろ》に　燕脂《えんじ》の雪《ゆき》を汙《けが》されしを
暗中《あんちゅう》　偸《ひそ》かに負《お》いて去《さ》る

夜半眞有力
何殊病少年
病起頭已白

夜半《やはん》　真《しん》に　力《ちから》有《あ》り
何《なん》ぞ殊《こと》ならんや　病《や》める少年《しょうねん》の
病《やまい》より起《た》てば　頭《かしら》　已《すで》に白《しろ》きに

私が黄州に来てから
すでに　三回の寒食節が過ぎてしまった
毎年　この時期には過ぎ行く春を惜しもうと思うが
春は私の気持ちを容《い》れてはくれない
今年は　また　雨に苦しめられている
この二か月というもの　秋のようなうらさびしさだ
眠っているあいだに聞こえてくる雨音は　海棠《かいどう》の花の
紅と淡い白さも泥で汚れてしまったことを思わせる
春はどこに行ってしまったのだろうか（荘子の話にある）真夜中の暗闇にまぎれて
力持ちの大男が船を持ち去ってしまったかのように跡形もない
私がなすすべもなく春を過ごしていたさまは　病気で臥《ふ》せっていた少年が

床を離れてみれば　白髪《しらが》になってしまったことと変わらない

寒食雨　二首　其二

春江欲入戸
雨勢來不已
小屋如漁舟
濛濛水雲裏
空庖煮寒菜
破竈焼濕葦
那知是寒食
但見烏銜紙
君門深八重
墳墓在萬里

寒食《かんしょく》の雨《あめ》　二首《にしゅ》　其《そ》の二《に》

春《はる》の江《かわ》は　戸《こ》に入《い》らんと欲《ほっ》し
雨勢《うせい》は来《きた》って已《や》まず
小屋《しょうおく》は漁舟《ぎょしゅう》の如《ごと》く
濛々《もうもう》として水雲《すいうん》の裏《うち》
空庖《くうほう》に寒菜《かんさい》を煮《に》る
破竈《はそう》に湿葦《しつい》を焼《や》く
那《なん》ぞ知《し》らん　是《これ》寒食《かんしょく》
但《ただ》見《み》る烏《からす》の紙《かみ》を銜《つつ》くを
君《きみ》が門《もん》は　八重《やえ》に深《ふか》く
墳墓《ふんぼ》は万里《ばんり》に在《あ》り

也擬哭途窮
死灰吹不起
　　　　　　　　也《ま》た途《みち》の窮《きゅう》するに哭《こく》せんと擬《ぎ》す
　　　　　　　　死灰《しはい》は吹《ふ》けども起《お》こらず

春になって水嵩《みずかさ》の増した長江《ちょうこう》は家の戸口まで入ってきそうだ
雨が降り続いて止まない
私の住む小さな家は漁船のようだ
濛々《もうもう》と立ち込める霧の中にある
何もない台所で粗末な野菜を煮る
破れた竈《かまど》に湿った葦《あし》を燃やそうとする
これでは寒食《かんしょく》の日だと誰も分からないだろう
烏《からす》が紙銭《しせん》を啄《ついば》んでいることから　わずかに知ることができるだけだ
皇帝の住む宮城は　はるか遠くに　奥深く存在する
自分の墳墓《ふんぼ》の土地に帰ろうにも万里のかなただ
途《みち》に窮《きゅう》したときに（阮籍《げんせき》（注㊵）が）哭《な》いたように私も哭いてみようか
燃え尽きて冷たくなった灰は　吹いても起きない

「黄州寒食の雨」の二首は、其の一の詩の冒頭に「我《われ》 黄州《こうしゅう》に来《きた》りし自《よ》り 已《すで》に三《み》たびの寒食《かんしょく》を過《す》ごせり」とあることから、元豊五年、蘇軾四十七歳の作品であることがわかります。黄州に住み着いてすでに三年の歳月が流れ、郊外の土地を開墾して「東坡雪堂《とうばせつどう》」を建てていますが、暮らし向きは一向によくなりません。この詩にある長雨は、そうした苦しい生活の中で、春から夏への季節の移ろいを感じつつ、行く春を惜しむ気持ちを無残にも奪い去ってしまいます。詩人はただただ、自分の置かれた境遇を悲しむしかありません。蘇軾には珍しく、明るさがほとんど見られない詩です。

この二首のうちよく知られているのは、其の一の詩で、其の二の詩は紹介されることも少ないようですが、二首の詩が揃《そろ》って初めて、当時の蘇軾の胸中を窺《うかが》い知ることができると思い、二首とも紹介しました。

其の一の詩には、『荘子《そうじ》』の「大宗師篇《だいしゅうしへん》」の中に出てくる力持ちの大男が、谷に隠した船を担ぎ出してしまうという話を持ち出して、春が自分の気づかないうちに去ってしまうことにたとえています。蘇軾が荘子の思想に、どれほど傾注していたかを知ることができるでしょう。

また、其の二の詩には、阮籍《げんせき》の話が出てきます。阮籍は、「竹林《ちくりん》の七賢《しちけん》」(注㊶)の一人で、三国時代の魏《ぎ》の詩人であり、同時に思想家です。気に入らない人には「白眼《はくがん》」で接し、好ましい人物には「青眼《せいがん》」で対したという故事から、「白眼視《はくがんし》」という言葉が生まれました。また彼は、自分の進む途《みち》が行き止まりになると、決まって大声を上げて泣いたとの逸話の持ち主でもあります。

ところで、漢詩の世界で「春の雨」といえば、すぐに思い出すのは、杜甫《とほ》の「好雨知時節」(好雨《こうう》時節《じせつ》を知《し》る)に始まる有名な五言絶句『春夜喜雨』(春《はる》の夜《よ》 雨《あめ》を喜《よろこ》ぶ)、あるいは杜《と》牧《ぼく》(注㊷)の『清明《せいめい》』の詩の冒頭に置かれた「清明時節雨紛紛」(清明時節《せいめいじせつ》 雨《あめ》 紛紛《ふんぷん》)などの句ではないでしょうか。

二十四節気のひとつに「穀雨《こくう》」という日があります。清明節と立夏の半ばで、このころ降る雨は作物を育てると言われています。いずれにしろ春の雨は、万物を成長させ、春の風情を増幅させる好ましい雨です。

ところが、蘇軾が黄州で経験した雨は、長江の水嵩《みずかさ》を増すほど激しいもので、しかも暗く憂鬱《ゆううつ》な長雨です。季節は晩春なのに、まるで秋のようにいつまでも降り続きます。

左遷の地で四十七歳という働き盛りの年を迎えた蘇軾は、いくら中央政界で働きたいと思っても、力を振るう場がありません。そんな蘇軾にとっては、春の細雨より、降り続く豪雨のほうが、自分の置かれた境遇を暗示する情景としては相応《ふさわ》しかったのでしょう。

また第二首の「空庖煮寒菜　破竈燒濕葦」（空庖《くうほう》に寒菜《かんさい》を煮《に》る　破竈《はそう》に湿葦《しつい》を焼《や》く）の句も気になります。火を使って食事の用意をすることは寒食のしきたりに反するので、この表現には様々な解釈がなされていますが、私には、「今の自分にとっては寒食のしきたりなどはどうでもいい。毎日、食べていくのがやっとの生活だから、料理を作り置きしておくことなどはできない相談だ」と、半ば開き直っている表現だと思われます。

『寒食《かんしょく》の雨《あめ》』の二首を揮毫《きごう》した蘇軾の直筆は、二〇一四年八月、東京国立博物館の特別展『神品至宝・台湾故宮博物院』で公開され、多くの観客に交じって私も鑑賞してきたことは冒頭に書きました。蘇軾自筆の二首には、蘇軾の弟子であり友人でもあった黄庭堅《こうていけん》（注㊸）の跋文《ばつぶん》が添えられ、巻物になった『黄州寒食詩巻《こうしゅうかんしょくしかん》』を目のあたりにしたときの感動は、五年以上経った今でも忘れることができません。

実は蘇軾の直筆の詩や文章は比較的数多く現在に伝えられていて、『寒食の雨』の詩作と同じ年の七月に、長江下流の赤壁で賦した『赤壁賦《せきへきのふ》』の直筆も、台湾の故宮博物院に現存しています。前の時代の王羲之《おうぎし》や顔真卿《がんしんけい》（注㊹）などの直筆は現在ほとんど失われて、私たちは碑に刻まれた文字を写した拓本によってしか、その筆跡を知ることができません。

台湾の故宮博物院に収蔵された蘇軾の『赤壁賦』は、この文章が作られた翌年に、「請われて書をしたためた」との記述があるので、揮毫《きごう》の年が判明しています。一方、『黄州寒食詩巻』にはその種の記述がないので、揮毫の時期は、今一つはっきりしません。しかし、蘇軾の直筆を見れば、文字の大きさや筆致が途中で大きく変わるため、詩を写しながら自身の気持ちが昂《たかぶ》っていくのがよくわかります。このことからも、蘇軾が「寒食の雨」の詩を作った直後、黄州で厳しい生活の日々が続く中で揮毫された、と考えるのが自然でしょう。

この詩巻に添えられた黄庭堅の跋文は、次のように書かれています。

「東坡のこの詩は李白の詩に似ているが、李白もこの境地には至っていないと思われる。この書は顔真卿、楊凝式《ようぎょうしき》、李建中《りけんちゅう》の筆意を兼備しており、蘇軾にもう一度これを書かせても、これほどの書は書けないだろう」。

＊　＊

書の歴史研究で、唐以前の書は、漢字の字体の変化に伴って「尚法《しょうほう》」（法《ほう》を尚《とうと》ぶこと）が大事だとされてきましたが、唐の時代までに漢字の字体はほぼ完成し、宋になると「尚《しょう》意《い》」（意《い》を尚《とうと》ぶこと）が何より大切なことに変化しました。「尚意」とは、人間の内面性を書に表現することで、蘇軾の『寒食の雨』の書は、まさに「尚意」の書の代表的な作品になっています。この書を通じて、私たちは当時の蘇軾の内面にみなぎる情念を如実に感じ取ることができるのです。

『黄州寒食詩巻』は、蘇軾の死後、徽宗《きそう》皇帝自らは旧法党を弾圧しながら、一方で旧法党の文人の書画を愛し、王室の宝として手に入れたものと考えられます。しかしその後、北狄《ほくてき》と呼ばれた女真族《じょしんぞく》が宋の京師《みやこ》の開封《かいほう》（汴京《べんけい》）を包囲攻撃し、徽宗皇帝の身柄ともども宋王朝の宝物をことごとく、自らの王都である燕京《えんけい》（現在の北京市付近）に持ち去ってしまったのです。その後、王朝は元、明、清と続きますが、戦乱の中にあっても、蘇軾の『黄州寒食詩巻』はそれぞれの王室の宝物として、鄭重《ていちょう》に受け継がれていきました。とくに清代においては、書画をこよなく愛した乾隆《けんりゅう》皇帝（注㊺）が、蘇軾の書を「神品」と絶賛したことはあまりに有名です。東京で開かれた台湾の『故宮博物院』の展覧会でも、「神品至宝」との副題がついていました。

清朝末期の一八六〇年に英仏連合軍が北京の円明園を焼き打ちしたとき、円明園の中の清朝の宝物殿にあった『黄州寒食詩巻』は、焼失は免れたものの民間に流出してしまいました。混乱の中で誰が持ち出したかは謎ですが、おそらく清朝の宝物殿の管理に携わっていた役人の一人なのでしょう。

『黄州寒食詩巻』をよく見ると、巻物の下のほうにかすかに焦げ跡が見られ、これは焼き打ちの際に火の粉をかぶった跡であるといわれています。間一髪で、人類の宝とも言える書が、現在に受け継がれることになったのです。

この宝物が、一九二二年、日本人の銀行家、菊池惺堂《きくちせいどう》氏に所有されることになったのは、当時の日本と清国の関係を知るうえで興味深いことです。一九二二年といえば、日本では翌年の九月一日に関東地方を襲った大地震があります。実は、ここでも『黄州寒食詩巻』は奇跡的に焼失を免れました。

その後、日本は無謀な戦争を始めた結果、東京は何度も米軍の空襲に遭いましたが、その都度、蘇軾の書は難を逃れ、そして迎えた日本の敗戦。中国（中華民国）は戦勝国となり、一九四八年、台湾の実業家、王世杰《おうせいけつ》氏によって買い戻され、やがて台湾の『故宮博物院』の宝物になったのです。

まさに人類の至宝ともいえる芸術作品は、時代を超えて生き残ることの証左でしょう。

＊　　＊

黄州にあって蘇軾は多くの画も描いています。詩、書、画は文人にとって不可分の素養です。この三要素を結合させせた最初の人物は、自然派詩人といわれた盛唐《せいとう》の王維《おうい》でしょう。王維が切り拓いた画の技法は、のちの明時代になって「南画《なんが》（南宗画）」と呼ばれ、多くの士大夫《したいふ》によって受け継がれたため、「士人画《しじんが》」もしくは「文人画《ぶんじんが》」とも呼ばれました。宋の時代に王維の画法をさらに発展させた後継者は蘇軾その人です。

蘇軾が描いた数多くの絵画の中で、傑出しているのは「墨竹画《ぼくちくが》」と呼ばれ、竹の幹と葉を墨で描いた単純な構図の画です。宋の時代の書は「尚意」がモチーフになっていると書きましたが、画にとっても大切なのは、外形をどう正確に写し取るかではなく、対象物が持つ「意」を画家がどう理解し、どう表現するかにあります。もちろん当時は具象画、抽象画という概念はありませんでしたが、あえてこの分類をあてはめれば、蘇軾が志向したのは抽象画としての水墨画であったと思います。

蘇軾が画題に好んで竹を選んだ理由は、竹には五つの徳があるといわれているからです。一は「根本堅固《こんぽんけんご》、矢志不渝《ししふりん》」（根本は堅固で、志を誓ったら忘れない）、二は「立身正直《りっしんしょうじき》、不偏不倚《ふへんふい》」（真っ直ぐに立ち、偏《かたよ》ることや寄《よ》りかかることはない）、三は「竹心中空《ちくしんちゅうくう》、虚心不満《きょしんふまん》」（竹の中は空、虚の心で、過ぎることはない）、四は「有操有節《ゆうそうゆうせつ》、寧折不弯《ねいせつふわん》」（節操があり、折れることはあっても曲がらない）、五は「経寒不凋《けいかんふちょう》、凌霜傲雪《りんそうごうせつ》」（寒さを経てしぼまず、霜を凌《しの》いで雪にも負けない）。

いずれも士大夫が備えるべき徳であることから、蘇軾が竹を描き始めると多くの文人もこれに倣《なら》い、その後、多くの竹の画が描かれました。画の世界でも蘇軾の弟子といわれた人物には、『寒食詩巻』の跋文を書いた黄庭堅や、書家としても有名な米芾《べいふつ》（注㊻）などがいます。

「詩中に画あり。画中に詩あり」とは、蘇軾が王維の作品の「詩画一体の境地」を讃《たた》えた言葉で、「詩を鑑賞する人の脳裏に、一幅の画の光景が浮かんでくるような詩を作らなければいけない」との意味で、私自身、詩を作るさいにはいつもこの言葉を噛みしめています。

◆（注㊱）**張籍**《ちょうせき》……七六六～八三〇年。中唐の詩人。和州烏江島《わしゅううこうとう》（現・安徽《あんき》省和県）出身。貧しい出身のため宮廷内では出世できなかった。秘書郎《ひしょろう》、水部員外郎《すいぶいんがいろう》などを務め、韓愈《かんゆ》（唐代中期を代表する文人・官僚）の推薦で国士博士《こくしはかせ》、国士司業《こくししぎょう》となる。「楽府《がふ》」（詩の形式を踏まえた歌謡曲）が得意で、政治批判の内容の作品を多く残している。

（注㊲）**玄奘**《げんじょう》……六〇二？～六六四年。俗名は陳褘《ちんき》、字は玄奘《げんじょう》。尊称は法師《ほうし》、三蔵《さんぞう》。隋朝の仁寿《じんじゅ》二年（六〇二年）に洛陽《らくよう》の近郊で生まれたとされている。十三歳で出家し、洛陽の浄土寺《じょうどじ》に、すでに出家していた兄と一緒に住むようになる。六二九年、陸路でインドに向かうが、当時、唐王朝は成立したばかりで国境を閉じていたため、実は密出国したことになる。六四九年、インドより経典六五七部を持ち帰り、長安の慈恩寺《じおんじ》でサンスクリット語を漢語に翻訳する。『般若心経《はんにゃしんぎょう》』も玄奘によって翻訳されたものであるといわれている。シルクロードを通って難行苦行の末、インドに至った様子を『大唐《だいとう》西域記《せいいきき》』に記している。明代に書かれた小説の『西遊記《さいゆうき》』は、この『大唐西域記』を参考にしており、玄奘は三蔵法師《さんぞうほうし》の名前で登場する。

（注㊳）**達磨大師**《だるまだいし》……五世紀後半から六世紀前半の人。インド人仏教僧で、南インドの香至国王《こうしこくおう》の第三子として生まれる。本名を菩提達磨《ぼだいだるま》といい、サンスクリット語ではボーデイダルマ。唐以前の記録では「達摩」と表記されていた。百二十歳のときに広州経由で中国に渡ったとされているが、実際のことは分からない。「面壁九年《めんぺきくねん》」（壁に向かって九年間坐禅を組んだこと）で有名。中国禅宗《ぜんしゅう》の開祖とされている。

（注㊴）**世宗《せいそう》（柴栄《さいえい》）**……在位九五四～九五九年。後周の全盛時代を築いた皇帝といわれているが、在位五年で崩御した。全てを自分でやらなければ気が済まない性質で、「万機親政」の皇帝といわれた。仏教を弾圧したことに見られるように、独裁者の顔も持っていた。世宗のあとを継いだのは、わずか七歳の子息・柴宗訓であった。このとき、世宗に最も信頼されていた将軍の趙匡胤《ちょうきょういん》が、軍人たちに推挙され皇帝になり、宋が建国された。「せそう」とも呼ばれる。

## 二

（注㊵）**阮籍《げんせき》**……左記「竹林の七賢」参照。

（注㊶）**竹林《ちくりん》の七賢《しちけん》**……三国時代、魏《ぎ》の末期に七人の文人・隠者が交流をしていたことからこの名前がついた。七人は、阮籍《げんせき》、嵆康《けいこう》、山濤《さんとう》、劉伶《りゅうれい》、阮咸《げんかん》、向秀《しゅうしゅう》、王戎《おうじゅう》。中心的な人物は阮籍。七人が一堂に会したことはなかった模様。道教、老荘思想の影響を受け、詩を賦し、琴を弾いて、清談（超俗的議論）を楽しんだ。

（注㊷）**杜牧《とぼく》**……八〇三～八五三年。晩唐の詩人、政治家。字《あざな》は牧之《ぼくし》、号は樊川《はんせん》。京兆万年《けいちょうまんねん》（現・陝西《せんせい》省西安市）出身。祖父の杜祐《とゆう》は歴史家でもあり、行政の要職も務めた。父は杜従郁《とじゅういく》。盛唐の詩人杜甫《とほ》と並んで、小杜《しょうと》と呼ばれる（杜甫は老杜《ろうと》）。太和《たいわ》元年（八二八年）、進士合格。その後、揚州《ようしゅう》に勤務。三年間の揚州での行状は放蕩《ほうとう》を極めたようであり、于鄴《うぎょう》（官界に失望し、書と琴を携えて放浪した詩人）の筆になる『揚州夢記』に詳しい。長安に上ってからは、『孫子《そんし》』の兵法に関する注釈書も書いている。『江南春《こうなんのはる》』、『清明《せいめい》』、『山行《さんこう》』など平明な詩が多く、生涯の詩文を集めた『樊川集《はんせんしゅう》』二十巻、

（注㊸）『樊川詩集《はんせんししゅう》』七巻がある。日本人に愛読される『唐詩選《とうしせん》』には、杜牧の詩は一首も入っていない。
**黄庭堅《こうていけん》**……一〇四五～一一〇五年。字《あざな》は魯直《ろちょく》、号《ごう》は山谷道人《さんこくどうじん》、諡号《しごう》は文節《ぶんせつ》。仁宗皇帝の慶暦五年（一〇四五年）、洪州分寧県《こうしゅうぶんねいけん》（現・江西省修水県《こうせいしょうしゅうすいけん》）に生まれる。治平四年（一〇六七年）に二十三歳で進士合格。三十代で蘇軾と知り合う。張耒《ちょうらい》、晁補之《ちょうほし》、秦観《しんかん》とともに蘇門四学士《そもんよんがくし》と呼ばれる。蘇軾との関係から旧法派と目され、地方官を歴任。蘇軾の『黄州寒食詩巻《こうしゅうかんしょくしかん》』で跋文《ばつぶん》を書く。詩人としてだけでなく書家としても高名。のちに南宋の詩人たちから、江西派《こうせいは》の開祖として尊敬を集める。わが国の室町中期の五山文学《ござんぶんがく》に大きな影響を与えた。徽宗《きそう》皇帝の崇寧《すうねい》四年（一一〇五年）、六十一歳で没す。黄家の四十二代目の子孫のひとりが現在、日本に住んでいる。

（注㊹）**顔真卿《がんしんけい》**……七〇九～七八五年。本貫（一族の発祥の地）は山東省の琅邪臨沂《ろうやりんぎ》。安禄山《あんろくざん》の乱に対し、軍を組織して抵抗したことに玄宗《げんそう》皇帝は感激して、乱平定後に長安に召し、吏部尚書《りぶしょうしょ》、太子大師《たいしだいし》などの要職を与えた。魯国《ろこく》の公となる。顔魯公《がんろこう》とも呼ばれる。その後、丞相《じょうしょう》の盧杞《ろき》に煙たがれ、淮西節度使《わいせいせつどし》であった李希烈《りきれつ》の反乱の鎮圧に向かうが、逆に殺され、非業の最期を遂げる。王羲之《おうぎし》以来の書の名手といわれ、初期の作品『多宝塔碑《たほうとうひ》』において、いわゆる「蚕頭燕尾《さんとうえんび》」（書き出しは蚕《かいこ》の頭のようで、終筆は燕《つばめ》の尾のような筆法）を考案する。享年七十六。「文忠《ぶんちゅう》」と諡号《しごう》される。

（注㊺）**乾隆皇帝《けんりゅうこうてい》**……在位一七三五～一七九五年。清の六代皇帝。祖父の康熙《こうき》皇帝に幼いころから将来の皇帝として嘱望されていた。清の絶頂期の皇帝で、西域、チベットまで清の版図を最大化した。学術・文化を奨励し、書画の蒐集《しゅうしゅう》にも努めた。『四庫全書《しこぜんしょ》』（これまでの書物の集大成。中国最大の双書）の編集も行なった。自ら筆を執り、多くの真筆を遺している。また退位後も院政を敷き、一七九九年、八十九歳で崩御。

（注㊻）**米芾**《べいふつ》……一〇五一～一一〇七年。北宋の書家、画家。襄陽《じょうよう》（現・湖北省襄陽市《じょうよう》）生まれ。王羲之《おうぎし》の書を出発点に、初期に学んだ顔真卿《がんしんけい》の影響を受けている。自作の詩を書いた『蜀素帖《しょくそちょう》』（蜀で織られた絹の上に書かれているのでこの名がある）が有名。

第五章

# 人間如夢

じんかん　ゆめのごとし

# 一　赤壁に遊ぶ

蘇軾《そしょく》は五年余り、黄州《こうしゅう》での苛酷《かこく》な生活を送ります。その中でも『寒食《かんしょく》の雨《あめ》』の詩を作ったころが、彼のそれまでの人生で「陰の極」ともいえる凄惨《せいさん》な時期であったと思われます。その後、生活の厳しさは相変わらずでしたが、徐々に行動の幅も広がり、友人とともに黄州付近の名勝旧跡を訪ねる気持ちの余裕も出てきたようです。

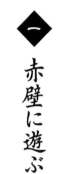

初めて東坡居士《とうばこじ》と称した元豊《げんほう》五年（一〇八二年）の七月には、三国時代の魏《ぎ》の曹操《そうそう》（注㊼）と呉《ご》・蜀《しょく》の連合軍が戦った「赤壁《せきへき》」の古戦場を訪ねました。このときに書いた散文が有名な『赤壁賦《せきへきのふ》』です。蘇軾は、最初の訪問から三か月後に再び「赤壁」を訪れ、このときも散文をものにしています。最初に書いた文は『前赤壁賦《ぜんせきへきのふ》』、あとに書いた文は『後赤壁賦《ごせきへきのふ》』と称されていますが、いずれも格調が高く、整った文章で、その後の文人たちに広く愛読されることとなります。また多くの著名な書家によってもこの文が揮毫《きごう》され、それらの書を通じて、現在の私たちは蘇軾の文に触れることができるのです。

紙幅の関係で、ここでは『赤壁賦』とほぼ同時期に作られ、『赤壁三詠《せきへきさんえい》』と呼ばれる三部作のひとつ、『赤壁懐古《せきへきかいこ》』の詞を紹介します。

念奴嬌

赤壁懐古

大江東去
浪淘盡　千古風流人物
故壘西邊
人道是　三國周郎赤壁
亂石崩雲
驚濤裂岸
捲起千堆雪
江山如畫
一時多少豪傑

念奴嬌《ねんどきょう》

赤壁《せきへき》の懐古《かいこ》

大江《たいこう》　東《ひがし》に去《さ》り
浪《なみ》は淘《あら》い尽《つ》くせり　千古《せんこ》の風流人物《ふうりゅうじんぶつ》を
故塁《こるい》の西辺《せいへん》
人《ひと》は道《い》う　是《これ》　三国周郎《さんごくしゅうろう》の赤壁《せきへき》なりと
乱《みだ》るる石《いし》は　雲《くも》を崩《くず》し
驚《おどろ》ける濤《なみ》は　岸《きし》を裂《さ》き
千堆《せんたい》の雪《ゆき》を　捲《ま》き起《お》こせり
江山《こうざん》　画《えが》けるが如《ごと》し
一時《いちじ》　多少《いくばく》の豪傑《ごうけつ》ぞ

遙想公瑾當年
小喬初嫁了
雄姿英發
羽扇綸巾
談笑間　強虜灰飛煙滅
故國神遊
多情應我笑
早生華髮
人間如夢
一樽還酹江月

遥《はる》かに想《おも》う　公瑾《こうきん》の当年《とうねん》
小喬《しょうきょう》　初《はじ》めて嫁《か》し了《おわ》り
雄姿《ゆうし》　英発《えいはつ》なりしを
羽扇《うせん》　綸巾《りんきん》
談笑《だんしょう》の間《あいだ》　強虜《きょうりょ》は灰《はい》と飛《と》び煙《けむり》と滅《めつ》す
故国《ここく》に神《こころ》は遊《あそ》び
多情《たじょう》は　応《まさ》に笑《わら》うべし　我《われ》の
早《はや》く　華髪《かはつ》の生《しょう》ぜしを
人間《じんかん》　夢《ゆめ》の如《ごと》し
一樽《いっそん》　還《ま》た　江月《こうげつ》に酹《らい》す

長江は東へ東へと流れてゆく
浪は　かつての英雄たちの面影を洗い流す
昔の石垣の西のあたりが
三国時代の周瑜《しゅうゆ》（注㊽）が戦った赤壁だと人はいう

崩れた石垣の石は峰の雲を崩すようだ
激しい濤《なみ》は岸を裂き
飛沫は雪のように舞う
川と山の景色は一幅の画のようだ
戦いでは多くの豪傑がいたものだ
その年の周瑜《しゅうゆ》を遥かに思い起こしてみる
美人の小喬《しょうきょう》を嫁に迎えたばかりで
英雄の雄姿は颯爽《さっそう》としたものだった
羽の団扇《うちわ》を持ち　りんずの頭巾を被《かぶ》った諸葛孔明《しょかつこうめい》（注㊾）と
談笑しているあいだに強敵は灰となり煙となって消えてしまった
こうした歴史上の人物に思いを馳《は》せながら自分の心は故郷に遊んでいる
心ある人は私の髪が白髪になったことを笑うだろう
人生は夢のようだ
酒樽《さかだる》の一杯の酒を長江の月に捧げよう

蘇軾が船を浮かべて遊んだ「赤壁」が、三国時代に実際に戦があった場所とは異なることを蘇軾も分かっていたに違いありません。古戦場の「赤壁」は長江のさらに上流で、現在は湖北省の赤壁市と呼ばれているあたりです。

詞の初めの部分で、「人道是　三國周郎赤壁」（人《ひと》は道《い》う　是《これ》　三国周郎《さんごくしゅうろう》の赤壁《せきへき》なりと）と、わざわざ説明しています。蘇軾が訪れた「赤壁」は現在の湖北省黄州市黄州区の西北にある「赤鼻山《せきびさん》」で、かつてこの地を訪れた晩唐の詩人、杜牧《とぼく》が『赤壁』の詩を賦《ふ》した場所であると知ったうえでのことです。杜牧の『赤壁』の七言絶句もすこぶる有名な詩ですので、ここで紹介しておきます。

赤壁　杜牧

折戟沈沙鐵未銷
自將磨洗認前朝
東風不與周郎便

赤壁《せきへき》　杜牧

折戟《せつげき》　沙《すな》に沈《しず》んで　鉄《てつ》未《いま》だ銷《しょう》せず
自《みずか》ら磨洗《ません》を将《も》って　前朝《ぜんちょう》を認《みと》む
東風《とうふう》　周郎《しゅうろう》の与《ため》に便《べん》せずんば

銅雀春深鎖二喬

銅雀《どうじゃく》の春深《はるふか》くして　二喬《にきょう》を鎖《とざ》さん

沙に埋まった折れた戟《げき》は錆びてはいない
まだ磨かれて光っていることから　ついこのあいだの戦に使われたものだろう
東風が周瑜《しゅうゆ》に味方して吹かなかったなら
美人の二人の姉妹は銅雀台《どうじゃくだい》に閉じ込められていただろう

二喬《にきょう》は美人の喬姉妹を指し、姉（大喬《だいきょう》）は孫策《そんさく》の妻となり、妹（小喬《しょうきょう》）は周瑜の妻となっていました。

そもそも曹操が呉の孫権《そんけん》（注㊿）、孫策に戦いを挑んだきっかけは、美人の喬姉妹をわがものにしたかったからとの俗説があります。杜牧はその話を踏まえて、もし東風が吹かなければ孫策軍は「赤壁」で敗れて、喬姉妹は曹操に連れ去られ、曹操が鄴《ぎょう》（現在の河北省邯鄲《かんたん》市）に造営した宮殿の銅雀台に幽閉されたであろう、と詠《うた》っています。

蘇軾の『赤壁懐古』の詞では、公瑾《こうきん》つまり周瑜の妻となった妹の小喬が登場しますが、詞では「小喬《しょうきょう》　初《はじ》めて嫁《か》し了《おわ》り」とあって、小喬は新婚であったことになっています。史実では、周瑜と小喬の結婚は「赤壁の戦い」の三年前であったとの記録があります。とはいえ、詞の表現としては美人の小喬は、やはり新婚でなくてはならないのでしょう。

気持ちが落ち着いてきたからでしょうか、このころから蘇軾の詩詞に飲酒の作品が多くなっています。蘇軾の酒を題材にした作品の数は、ほかの詩人と比較して決して少なくはありませんから、彼は酒を飲むのが好きだったことは確かです。特に親しい友人と酒席をともにすることは、彼の楽しみのひとつであったと彼自身が述べています。しかし、彼が酒豪であったかというと、そうではありません。むしろ本人が認めているように、酒量は少なかったのが実像です。

「予飲酒終日不過五合　天下之不能飲無在予下者　然喜人飲酒見客挙盃徐引則　予胸中為之浩々焉落落焉……」（書東皐子《とうこうし》伝）

「私は終日飲んでもやっと五合《ごごう》になるかならないかだ。天下の酒飲みで私より少量の酒飲みはいないだろう。しかし私は人が酒を飲むことは大好きで、特に客が盃を次から次へと飲み干すのを見ていると自分の気持ちも大きくなるような気がする。……」（東皐子伝への書）

東皐子（王績）は初唐の酒豪として知られた人物で、蘇軾は彼の伝記に文章を書いていています。当時の中国の五合は、今の日本の量に置き換えれば一合半《いちごうはん》程度ですから、酒には弱かったといったほうがいいでしょう。

そんな蘇軾が、『赤壁賦』に前後して詠った酒に関する詞です。

臨江仙

夜歸臨皐

夜飲東坡醒復醉
歸來髣髴三更
家童鼻息已雷鳴
敲門都不應
倚杖聽江聲

臨江仙《りんこうせん》

夜《よる》 臨皐《りんこう》に帰《かえ》る

夜《よる》 東坡《とうば》に飲《の》み 醒《さ》めて復《また》酔《よ》う
帰《かえ》り来《きた》れば 髣髴《ほうふつ》として三更《さんこう》
家童《かどう》の鼻息《びそく》 已《すで》に雷鳴《らいめい》
門《もん》を敲《たた》けど 都《すべ》て応《こた》えず
杖《つえ》に倚《よ》りて 江声《こうせい》を聴《き》く

長恨此身非我有
何時忘却榮榮
夜闌風靜縠紋平
小舟從此逝
江海寄餘生

長《つね》に恨《うら》む　此《こ》の身《み》の我《わ》が有《ゆう》に非《あら》ざるを
何《なん》の時《とき》か　栄栄《えいえい》たるを忘却《ぼうきゃく》せん
夜《よ》　闌《た》け　風《かぜ》は静《しず》かに　縠紋《こくもん》平《たい》らかなり
小舟《こぶね》　此《ここ》従《よ》り逝《さ》って
江海《こうかい》に余生《よせい》を寄《よ》せん

夜に東坡の丘で酒を飲み　一度醒めたが　まだ酔いが残っている
帰ってきたのははっきりしないが　真夜中の一時か二時のころ
家の下男は雷鳴のようないびきをかいて寝ている
門を叩いてもまったく返事がない
杖にすがって長江の流れる音に耳を傾けた
自分の身体の自由がきかないことが口惜しい
いつの日か　このせわしない毎日のことを忘れたい
夜半も過ぎて風は静かに吹き　川面《かわも》にはさざ波がたっている

此処《ここ》から小舟に乗って去り
残りの人生を放浪しようか

独《ひと》りで飲んだ酒ではないと思われます。いつものように友人と楽しく飲んで、そろそろ帰ろうということになって、足元はふらつきますが、一人で帰れるからと、友人と別れます。家までたどり着いたところで、締め出されてしまい、「どうしたものか。いっそこのまま漂泊の旅に出てしまおうか」と詠った詩です。

誰しも若いころは、大酒を飲んで前後不覚になった経験はあるでしょう。それが、加齢とともに酒量は減り、やがて微酔《びすい》の状態を楽しむようになります。そして酔いながら半分醒《さ》めている頭の中では、憂き世から逃げてしまいたいとの思いを抱くこともあるでしょう。そんな心境を詠った蘇軾のこの詞が、私は気に入っています。

いつのころからか、蘇軾が仏教に深い関心を寄せていたことは前述したとおりです。仏教との関わりから考えると、蘇軾には酒よりも茶がよく似合うと思います。実際、蘇軾は黄州の東坡の地で茶の樹を植えて、自分で茶葉を生産していたこともありました。
晩年、蘇軾が茶について詠った七言律詩があります。

汲江煎茶

活水還須活火烹
自臨釣石取深清
大瓢貯月帰春甕
小杓分江入夜瓶
雪乳已翻煎處脚
松風忽作瀉時聲
枯腸未易禁三碗
坐聴荒城長短更

江《こう》を汲《く》んで茶《ちゃ》を煎《に》る

活水《かっすい》　還《ま》た須《すべか》らく活火《かっか》をもって烹《に》るべし
自《みずか》ら釣石《ちょうせき》に臨《のぞ》んで　深清《しんせい》を取《と》る
大瓢《たいひょう》　月《つき》を貯《たくわ》えて　春甕《しゅんおう》に帰《かえ》し
小杓《しょうしゃく》　江《こう》を分《わか》って　夜瓶《やへい》に入《い》る
雪乳《せつにゅう》　已《すで》に煎処《せんしょ》の脚《あし》を翻《ひるがえ》し
松風《しょうふう》　忽《たちま》ち　瀉時《しゃじ》の声《こえ》を作《な》す
枯腸《こちょう》　未《いま》だ三碗《さんわん》に禁《た》え易《やす》からず
坐《ざ》して聴《き》く　荒城《こうじょう》の長短更《ちょうたんこう》

おいしいお茶を点てるには活きた水を　炎が燃える火で烹《に》なければならない

自分で釣り場の石のところに行って　川の深いところの澄んだ水を汲む
大きな瓢《ひさご》で月影と一緒に汲んだ水を　春の水がめに貯めて
小さな杓で川の水を分けて夜　瓶《ゆわかし》に入れる
抹茶の灰汁《あく》をよくかき混ぜて取り　白い乳のようにどろりとした状態にして
松風のような音を立てて煮えたぎるお湯を注ぐ
疲れた腸には三杯の茶で十分だ
さびしい城市《まち》で坐《すわ》って夜半の時を告げる太鼓の音を聴く

元符《げんぷ》三年（一一〇〇年）の作ですから、三度目の流刑の地である海南島《かいなんとう》での作品です。

## 二　名誉回復

元豊《げんぽう》七年（一〇八四年）正月、蘇軾《そしょく》に汝州《じょしゅう》（現在の河南省臨汝県）への転勤が命じられます。

すでに神宗《しんそう》皇帝の治世は二十年近くに及び、宮廷内では、新法派の王安石《おうあんせき》と呂恵卿《りょけいけい》とのあいだの確執が続いていました。そんな状態にあって、神宗は呂恵卿の参知政事《さんちせいじ》の任を解きますが、復職後の王安石はかつてのような旧法派に対する敵愾心《てきがいしん》は失せていました。長男の雱《ほう》の死を契機に、宰相の地位を捨て、隠居を神宗に願い出て許されています。王安石不在の新法派は内訌《ないこう》を繰り返していましたが、そんな中で蘇軾の復権が成ったのでした。

汝州への転勤が事実上の名誉回復であることを知った蘇軾は、自分とともに左遷されていた弟の蘇轍《そてつ》に会いたくて、弟の住む筠州《いんしゅう》（現在の江西省高安県）に向かいます。筠州を目指して黄州《こうしゅう》を発ったときに作った詩を紹介します。

過江夜行武昌山聞黄州鼓角

清風弄水月銜山
幽人夜度呉王峴
黄州鼓角亦多情
送我南來不辭遠
江南又聞出塞曲

江《こう》を過《よぎ》りて夜《よる》武昌《ぶしょう》の山《やま》を行《ゆ》き　黄州《こうしゅう》の鼓角《こかく》を聞《き》く

清風《せいふう》　水《みず》を弄《ろう》し　月《つき》は山《やま》に銜《ふく》まる
幽人《ゆうじん》　夜度《よるわた》る　呉王《ごおう》の峴《けん》
黄州《こうしゅう》の鼓角《こかく》　亦《また》　多情《たじょう》なり
我《われ》を送《おく》って南《みなみ》に来《き》たり　遠《とお》きを辞《じ》せず
江南《こうなん》　又聞《またき》く　出塞《しゅっさい》の曲《きょく》

半雜江聲作悲健
誰言萬方聲一槩
鼉憤龍愁爲余變
我記江邊枯柳樹
未死相逢眞識面
他年一葉泝江來
還吹此曲相迎餞

半《なか》ば江声《こうせい》を雑《まじ》えて　悲健《ひけん》を作《な》せり
誰《だれ》か言《い》う　万方《ばんほう》　声一槩《こえいちがい》なりと
鼉《だ》は憤《いきどお》り　竜《りゅう》は愁《うれ》えて　余《わ》が為《ため》に変《へん》ず
我《われ》は記《き》す　江辺《こうへん》　枯柳《こりゅう》の樹《き》
未《いま》だ死《し》せずして　相逢《あいお》うて真《しん》に面《めん》を識《し》る
他年《たねん》　一葉《いちよう》にして江《こう》を泝《さかのぼ》って来《き》たらば
還《ま》た此《こ》の曲《きょく》を吹《ふ》いて相迎《あいむか》え　餞《せん》せんことを

清らかな風が水面《みなも》に吹きわたり　月は山の端に隠れた
憂き世を離れた私は　夜　呉王峴《ごおうけん》を通り過ぎた
黄州の守備兵が奏でる太鼓と角笛の音を聞くと様々なことが心に浮かぶ
江南に旅立つ私を送って　どこまでもついてきてくれる
江南の地でも　また　兵士が出陣するときの曲を聴くことになるのだろう
曲の音の半分は波の音でかき消されてはいるが　悲しくもあり力強くもある
どこに行っても歌声は同じだとは誰が言うのであろうか

長江に棲《す》むといわれるワニや龍が　私の身のうえを憤ったり悲しんだりして調べを変えてくれる
よく覚えている　長江のほとりの　この枯れた柳の樹を
枯れてはいるが死なずに残ったので　ああの樹だとわかる
いつかまた　小さな船に乗って　長江をさかのぼってきたときに
またこの曲を吹いて私を迎えてくれる人がいるのであろうか

弟の轍との面会を求めての旅であり、また赦免の旅です。「弟に一日も早く会いたい」と気は急《せ》くものの、一気に筠州を目指すのではなく、途中で有名な景勝地の廬山《ろざん》に寄り、数日をその他で過ごしています。

筠州に着いたのは元豊七年（一〇八四年）五月。轍はこの地で監筠州塩酒税《かんいんしゅうえんしゅぜい》の職に就いていました。しかし、今でいえば税務署長のような仕事で、科挙の試験に優秀な成績で合格した官僚にとっては、すこぶるつきの閑職であったことは言《げん》を俟《ま》たないでしょう。

轍との再会を果たした蘇軾は、そのあと任地へ向かおうとしますが、その途中の江寧《こうねい》（南京）で、鍾山《しょうざん》（紫金山）に住んでいた王安石を訪ねました。十四年ぶりの再会です。いうまでもなく王安石は蘇軾と敵対した新法党のリーダーでしたが、王安石と蘇軾のあいだには政治的な立場を離れて、人間としてお互いを尊敬し合う関係がありました。すでに王安石は六十四歳。京師《みやこ》の官職を辞職して隠居の身です。王安石は四十九歳の蘇軾に、自作の七言絶句三首、五言絶句一首を示します。

その詩の韻を踏まえて、蘇軾は四首の絶句を作りました。「其の三」の詩を紹介します。

次荊公韻四絶　其の三

荊公《けいこう》の韻《いん》に次《じ》す　四絶《しぜつ》　其《そ》の三《さん》

騎驢渺渺入荒陂
想見先生未病時
勸我試求三畝宅
従公已覺十年遅

驢《ろ》に騎《の》りて　渺渺《びょうびょう》として　荒陂《こうひ》に入《い》る
想見《そうけん》す　先生《せんせい》の未《いま》だ病《や》まざりし時《とき》を
我《われ》に勧《すす》めて試《こころ》みに三畝《さんぽ》の宅《たく》を求《もと》めしむ
公《こう》に従《したが》うこと　已《すで》に十年《じゅうねん》の遅《おそ》きを覚《おぼ》ゆ

驢馬に乗って人気のない沼地をはるばると行く
先生がまだお元気だったころの姿を想い浮かべています

先生は私に近くに少しの土地と家を求めてはと勧めてくれたが
あなたのお側《そば》でご教示いただくのがせめて十年早ければと思うばかりです

詩中に「勸我試求三畝宅」（我《われ》に勧《すす》めて試《こころ》みに三畝《さんぽ》の宅《たく》を求《もと》めしむ）とあることから、すでに還暦も過ぎた王安石が、二人の会話の中で、蘇軾に近くに住むことを勧めたことが分かります。もちろん、これは外交辞令で、蘇軾も「お話が十年早ければ……」と丁重に断ります。

こうして蘇軾は王安石と久しぶりの邂逅《かいこう》を楽しみ、江寧をあとにして、揚州《ようしゅう》、常州《じょうしゅう》（現在の江蘇省常州市）と旅するうちに、常州の地がいたく気に入りました。常州は現在でも長江三角州の中心の都市として栄えていますが、西晋（二六五〜三一六年）の時代から歴史の城市《まち》として有名です。そこで、このあとはここで晴耕雨読の田園生活をおくろうと心を決め、朝廷に常州居住の許可を申請します。

朝廷に「乞常州居住表」を出したのは十月のことですが、開封《かいほう》（汴京《べんけい》）からの返事が届いたのは年が明けてからでした。役職は検校《けんぎょう》尚書水部外郎《しょうしょすいぶがいろう》、つまり団練副使のままでしたが、「常州居住」と書かれていて、常州での居住が許可されたのです。このころ、弟の轍も赦されて歙州績渓令《きょうしゅうせきけいれい》の職に就きます。

元豊八年（一〇八五年）三月、神宗皇帝が三十八歳で崩御し、わずか十歳の哲宗《てっそう》皇帝が即位します。若い哲宗皇帝の後ろ盾は、彼の祖母に当たる宣仁太后高氏《せんじんたいこうこうし》です。豪族出身の高氏の周囲には、新法党の政治によって既得権益を奪われていた旧法党の面々が顔を揃えます。朝廷内の権力構造が大きく変わったのです。司馬光《しばこう》は神宗皇帝崩御の直後、開封に呼び出され、五月には門下侍郎《もんかじろう》（副宰相）となり、翌年の二月には、尚書左僕射《しょうしょさぼくしゃ》（宰相）となりました。

一方、常州での田園生活を許された蘇軾のもとへ開封から、たびたび宮中での政変の情報が入ります。六月末に蘇軾に届いた正式な通知は、「朝奉郎起知登州軍州事《ちょうほうろうきちとうしゅうぐんしゅうじ》」への任命書でした。

蘇軾はここで完全に名誉回復を果たし、登州《とうしゅう》（現在の山東省蓬莱県《さんとうしょうほうらいけん》）の知事に任ぜられます。しかし、登州に着任してたった五日で、蘇軾は再び、開封へ呼び戻されたのでした。

開封では礼部郎中《れいぶろうちゅう》（文部省の局長）の職務が待っていましたが、なんとその二か月後には起居舎人《ききょしゃじん》（内閣書記官）となり、完全に政権の中枢に返り咲くことになります。時に蘇軾は五十歳、『御史台《ぎょしだい》』で厳しい査問に遭い、黄州に流刑になってから、すでに七年の歳月が流れていました。黄州では筆舌に尽くし難い辛酸をなめ、その苦境の中にあって『寒食の雨』の詩を遺したのはすでに述べたとおりです。このように、どんな難局にあっても明るさを失わず、決して生きることを諦めなかった蘇軾に、二度目の活躍の秋《とき》がめぐってくることになりました。

## 三 再び杭州へ

蘇軾《そしょく》が開封《かいほう》（汴京《べんけい》）に戻った翌年には元号が元祐《げんゆう》となり、その後、元祐四年（一〇八九年）に浙西路総督《せっせいろそうとく》として杭州《こうしゅう》に転出するまで、蘇軾は京師《みやこ》で、政権中枢の高級官僚として働くことになります。この間、中央政界では、高氏の信頼が篤かった司馬光《しばこう》が病を得て逝去しました。また、すでに江寧《こうねい》に引退していた王安石《おうあんせき》が、この世を去ったのも同じ年です。

蘇軾と蘇轍《そてつ》の兄弟は、順調に出世の階段を駆け上がります。蘇軾は、司馬光の死の直後、皇帝直属の官職である翰林学士《かんりんがくし》となり、皇帝の詔勅の起草者として、幼い皇帝の政治を扶《たす》けました。一方、轍は元佑元年（一〇八六年）十一月に文武官僚の人事を司る中書舎人《ちゅうしょしゃにん》に、さらに翌年には戸部侍郎《こぶじろう》（財務次官）となって、蘇兄弟で宋の中央政治を切り盛りするまでに至りました。しかし、旧法党の重鎮であった司馬光の死後、旧法党は三つのグループに分かれて、何かと角を突き合わせるようになります。

三つのグループとは、程頤《ていい》、朱光庭《しゅこうてい》らの洛党《らくとう》（河南派）、劉摯《りゅうし》、王巌叟《おうがんそう》らの朔党《さくとう》（河北派）、そして蜀党《しょくとう》（四川派）――と出身地によって色分けされ、このうち洛党と朔党が連合して、蜀党の追い落としを企てたのです。蜀党の中心人物は蘇軾その人でした。

こうした内部での権力争いは、まさに宮廷政治の宿痾《しゅくあ》ともいえるものでしょう。そんな権勢欲絡みの諍《いさか》いにほとほと嫌気がさした蘇軾は、とうとう元祐四年（一〇八九年）、自ら地方勤務を申し出たのです。しかし、宮廷内で、特に高氏の信任が篤《あつ》かった蘇軾を地方に転出させるわけにはいきません。わざわざ高太后自身が、地方勤務を断念するよう説得にあたりますが、蘇軾の決意は固く、高氏といえどもこれを覆すことはできませんでした。

三月十六日、蘇軾は地方勤務を許されます。辞令には「浙西路兵馬鈐轄兼杭州知州《せっせいろへいばれいかつけんこうしゅうちしゅう》」の文字がありました。浙西路兵馬鈐轄とは、現代の江蘇省の水郷地帯を含む六州の軍隊の総司令官で、これに杭州の知事までも兼ねた要職です。蘇軾が杭州に着任したのは、この年の七月でした。かつて蘇軾が、杭州通判《こうしゅうつうはん》として最初に杭州に赴任したのが熙寧《きねい》四年（一〇七一年）十一月。三年の任期を終えて杭州を去ったのが熙寧七年（一〇七四年）のことでしたから、実に十五年ぶりの杭州です。

現在の中国では、杭州の郊外に高層ビルが立ち並んでいますが、国の風致地区に指定された杭州の西湖《せいこ》周辺は、訪れる人に都会の喧騒《けんそう》や世俗の憂きことを忘れさせてくれる何かがあります。当時の杭州も、朝廷の内訌《ないこう》で傷ついた蘇軾の心を慰める存在であったに違いありません。

もちろん蘇軾は、杭州知事の仕事も精力的にこなします。

元祐五年（一〇九〇年）には杭州西湖の泥をさらって西湖の周囲に堤防を築き、杭州市民を水害の危険から救う大工事を行なったことは、第三章で述べたとおりです。この堤防は「蘇堤」の名前で、現在も杭州に存在しており、私たちも堤の上の散歩を楽しめます。

以下に蘇軾の第二の杭州時代の詩のいくつかを紹介しますが、その前に、触れておきたいことがあります。蘇軾が杭州に転出したのちの開封では、弟の蘇轍が兄のあとを継いで翰林《かんりん》学士《がくし》となり、翌年には、御史中丞《ぎょしちゅうじょう》を拝命することになりました。御史中丞は朝廷の監察を司る長官で、かつて兄を百三十日にわたって拘束し、厳しい取り調べを行なった御史台《ぎょしだい》もその管轄下にあります。そのトップに弟が就いたわけです。兄の軾より弟の轍は、宮廷政治に対する拒否感が強くなかったのでしょうか。順調に朝廷内の地歩を固めます。

贈劉景文

荷盡已無擎雨蓋
菊殘猶有傲霜枝
一年好景君須記
最是橙黄橘緑時

劉景文《りゅうけいぶん》に贈《おく》る

荷《はす》は尽《つ》きて　已《すで》に雨《あめ》に擎《ささげ》るの蓋《かさ》無《な》く
菊《きく》は残《のこ》りて　猶霜《なおしも》に傲《おご》るの枝有《えだあ》り
一年《いちねん》の好景《こうけい》　君《きみ》　須《すべか》らく記《き》すべし
最《もっと》も是《これ》　橙《ちょう》は黄《き》に　橘《きつ》は緑《みどり》なる時《とき》に

ハスの時期は終わって　いまや雨のときにさす傘の葉もない
菊もすっかり枯れたが　霜にめげない枝だけは残っている
一年のうちで一番いい眺めを　君はぜひ覚えておいてもらいたい
何よりもゆずは黄色く　橘《みかん》は青いこの時期を

劉景文《りゅうけいぶん》は蘇軾が今回の杭州赴任で知り合った友人で、蘇軾より三歳年上であったと記録にあります。彼との交流の中で贈った七言絶句がこの詩です。詩中に登場する植物の状態から、蘇軾が杭州に着任した翌元祐五年の冬に作った詩であろうと推測されます。なお、この詩に登場する橙《ちょう》は、日本のダイダイとは異なる植物で、日本のゆずを指します。中国の詩や詞に出てくる花や樹木の名前は、文字は同じでも日本のそれとは異なることがよくあります。

晩唐時代の詩人、杜牧《とぼく》の有名な詩『山行』に登場する「停車坐愛楓林晩」（車《くるま》を停《とど》めて坐《そぞろ》に愛《あい》す楓林《ふうりん》の晩《くれ》）の「楓《ふう》」も日本のカエデとは異なります。中国から伝わった「楓《ふう》」の樹は、東京都港区内にある芝東照宮の境内で見ることができます。

日本の国の花である「さくら」も、漢字で櫻（桜）と書くと、中国では夏に赤い実を結ぶ「ゆすらうめ」を指します。漢詩を作る場合は「櫻（桜）」の文字を使うしかありませんが、文章などで日本のさくらを表す場合、正確には、ひらがなで「さくら」と書くべきでしょう。しかし、そこまで気にする人はほとんどいないのが現実です。

なお、杭州西湖の荷《はす》の花は有名で、今でも湖の周辺で咲き誇り、そのあでやかな姿を夏まで楽しむことができます。

次に紹介するのは、春の杭州の様子を詠《うた》った七言絶句です。

再和楊公濟梅花十絶　其八　　再《ふたた》び楊公済《ようこうせい》の梅花十絶《ばいかじゅうぜつ》に和《わ》する　其《そ》の八《はち》

湖面初驚片片飛
尊前吹折最繁枝
何人會得春風意
怕見梅黄雨細時

湖面《こめん》　初《はじ》めて驚《おどろ》く　片片《へんぺん》の飛《と》ぶに
尊前《そんぜん》に吹折《すいせつ》す　最《もっと》も繁《しげ》き枝《えだ》を
何人《なんぴと》か　春風《しゅんぷう》の意《い》を会《え》し得《え》たる
梅《うめ》の黄《き》に　雨《あめ》の細《こま》かなる時《とき》を見《み》るを怕《おそ》る

西湖の湖面を散った花弁が　ひとひらひとひら飛んで行くのに驚かされる
酒樽の前で　最も花が咲き繁っている枝をとって吹き折る
いったい誰が　春風の本当の気持ちを分かってくれるのだろうか
梅が黄色くなり　細かい雨が降って　春の終わりを見るのは嫌だという心を

楊公済《ようこうせい》は章安《しょうあん》（現在の浙江省臨海県《せっこうしょうりんかいけん》）の人。科挙の試験に合格した年は蘇軾の先輩にあたりますが、当時は杭州の通判《つうはん》つまり副知事で、蘇軾の下にいました。もちろん蘇軾は、そうした楊公済を軽んじることなく、詩作を通じて交流を深めていました。そんな詩のやり取りの中で作られた蘇軾の七言絶句です。

季節は春の終わり、梅雨が始まるころの詩で、春の始まりとは異なり、蘇軾は物憂げな気持ちでこの時期を迎えたのでしょう。当時の官僚の地方勤務は長くても三年と決まっていました。一か所に長くいると、その地方で大きな権力を握ることにつながり、やがて中央政府も、その力を削ぐことができなくなってしまうという懸念からです。

この詩は元祐五年（一〇九〇年）の作と記録されていますから、蘇軾も杭州に赴任してから二年が経ち、そろそろ次の任地へ赴かなければならないと、覚悟し始めていたのではないでしょうか。

「風光明媚《めいび》なこの杭州の春の趣を、来年は味わえなくなるのではないか。またあの権謀渦巻く京師《みやこ》に帰るのかと思うと、心底憂鬱《ゆううつ》になる。どこか別の任地に赴かなければならないのはすでに決まっている。いずれにしろこの杭州とは今年限りだ。」

そんなことを考えての詩作でしょう。果たして、翌年元佑六年（一〇九一年）二月に、朝廷は蘇軾の杭州での任を解き、蘇軾は中央への召還の命を受けて春三月に杭州を発ちます。

## 四 高氏の死

開封《かいほう》（汴京《べんけい》）に呼び戻された蘇軾は、杭州《こうしゅう》を去るにあたって、妻や子どもを杭州に残して単身で向かいました。蘇軾にとって気の進まない京師《みやこ》での勤務だったことは明らかで、五月に開封に到着しても、自分の邸宅を持たずに弟の蘇轍《そてつ》の屋敷に居候します。

京師《みやこ》に戻った蘇軾を待っていたのは、三年前、彼が嫌った宮廷内の権力闘争がいまだ続いている現実でした。彼の京師《みやこ》での仕事はというと、翰林学士《かんりんがくし》の肩書はそのままで、さらに吏部尚書《りぶしょうしょ》という要職が加わりました。吏部は文武官僚の人事権を握る役所です。とはいっても、自分の希望する任地を自分で決めるわけにはいかないでしょう。開封に滞在してからわずか三か月で、八月には穎州《えいしゅう》（現在の安徽省阜陽県《あんきふよう》）への赴任が決まりました。穎州も風光明媚な土地柄で、街の西部には、杭州の西湖《せいこ》に名前を借りた穎州西湖《えいしゅうせいこ》があります。穎州での勤務はわずか半年で、再度、蘇軾に転勤命令が下ります。今度の職は「淮南東路兵馬《わいなんとうろへいば》鈐轄知揚州軍州事《りんかつちようしゅうぐんしゅうじ》」。任地は揚州《ようしゅう》です。

前任地の穎州も景勝の地だと記しましたが、一方には、冬の寒さと肌を刺す北風という江南地方にはない厳しい自然が持ち受けていました。その点、揚州は杭州の少し北ですが、杭州と並んで自然条件に恵まれた、豊かで美しい土地でした。また揚州は、古くから洛陽《らくよう》の牡《ぼ》丹《たん》と並んで芍薬《しゃくやく》の花で有名です。蘇軾が揚州に着任したのは、まさにこれから芍薬の花が咲き誇ろうとする三月のことでした。

蘇軾は、この地を「桃源郷」に見立てて、そこで仙人のような暮らしをしたいと熱望します。もちろん、蘇軾は揚州ではトップリーダーですから、日々の国事はこなさなければなりません。そうしたことは十分承知のうえで、彼はせめて精神世界では仙境に遊びたいと、ひたぶるに願ったのでした。

蘇軾は揚州着任後、次のような詩を作っています。

雙石

夢時良是覺時非
汲水埋盆故自癡
但見玉峰横太白
便從鳥道絶峨眉
秋風與作烟雲意
曉日令涵草木姿

双石《そうせき》

夢《ゆめ》みし時《とき》は良《まこと》に是《ぜ》にして　覚《さ》めし時《とき》は非《ひ》なり
水《みず》を汲《く》み　盆《ぼん》を埋《うず》む　故《もと》より自《おの》ずから痴《ち》なり
但《ただ》見《み》る　玉峰《ぎょくほう》の太白《たいはく》に横《よこ》たわるを
便《すなわ》ち鳥道《ちょうどう》従《よ》り　峨眉《がび》に絶《わた》らん
秋風《しゅうふう》は　与《ため》に煙雲《えんうん》の意《い》を作《な》し
暁日《ぎょうじつ》は　草木《そうもく》の姿《すがた》を涵《ひた》さしむ

一點空明是何處
老人眞欲住仇池

一点《いってん》の空明《くうめい》　是何《これいず》れの処《ところ》ぞ
老人《ろうじん》　真《しん》に　仇池《きゅうち》に住《じゅう》せんと欲《ほっ》す
夢に見たのが正しくて夢から覚めて見る現実は違うのだ
（韓愈《かんゆ》が）水を汲んで盆を池に見立てたのは愚かといえば愚かだが私も負けてはいない
玉《ぎょく》の峰を見ているうちに太白山のかなたに横たわる風景が思い浮かんで
鳥が飛ぶだけの険しい山道を通って故郷の峨眉山に帰っていく
秋風が私のために雲にけむる気配を感じさせてくれる
朝日に照らされた草木を見ると水分をたっぷり与えられているようだ
石にあいた穴の向こうにぼんやりと見えるのはどんな世界だろう
年老いたこの私は　本当に仇池《きゅうち》に住みたいと思っている

揚州で蘇軾は二つの石を手に入れ、その石を盆石として傍らに置いて眺めていることがたびたびありました。そのときの心象風景を詠《うた》ったものです。

蘇軾が石を大自然の山に見立てて眺めているうちに、石の穴に気がつきます。

「ひょっとして、この穴の向こうには別天地があるのかも知れない。私は本当に、この世界とは別の世界に住みたいと思っている」と心情を吐露します。仇池《きゅうち》とは、秦州《しんしゅう》（現在の甘《かん》粛省天水市《しゅくしょうてんすいし》）にある高山の名前です。仇池山には洞穴があって、その中に入っていくと別世界に到達することができると、古くから言い伝えられています。桃源郷への入り口と考えられていたようです。

元祐《げんゆう》七年（一〇九二年）の春三月、揚州に着任した蘇軾は、わずか半年の勤務で、再び京師《みやこ》に呼び戻されます。京師《みやこ》に戻った蘇軾は、そこで兵部尚書《へいぶしょうしょ》（国防長官）兼侍読学士《じどくがくし》（皇帝の養育係）という要職に就き、その後礼部尚書《れいぶしょうしょ》（文部大臣）に任命されました。弟の蘇轍もまた門下侍郎《もんかじろう》（宰相を補佐する現在の官房長官にあたる）となり、兄弟揃って、まさに位人臣《くらいじんしん》を極めたのでした。

翌年の九月に高太后が崩御したことで、哲宗皇帝の親政が始まり、蘇軾は地方へ配置換えになります。思えば元祐七年から元祐八年までの一年余りの時期が、蘇軾と蘇轍の兄弟にとっては、二人揃って最高位の官職に就いたときでした。

（注㊼）**曹操《そうそう》**……一五五～二二〇年。字《あざな》は孟徳《もうとく》。豫洲沛国譙県《よしゅうはいこくしょうけん》（現・安徽省亳州市《あんきしょうごうしゅうし》）出身。後漢《ごかん》の丞相《じょうしょう》（首相相当）。魏《ぎ》を建国。自らは皇帝にならなかった。『三国志演義』では悪役とされているが、自ら詩も賦し、文学の愛好者でもある。魯迅《ろじん》が曹操を評価したことがきっかけとなり、現代中国では高く評価されている。

（注㊽）**周瑜《しゅうゆ》**……一七五～二一〇年。字は公瑾《こうきん》。美男子だったことから美周郎《びしゅうろう》とも呼ばれた。揚州廬江郡《ようしゅうろこうぐん》（現・安徽省六安市《あんきしょうろくあんし》）出身。呉の孫策《そんさく》、孫権《そんけん》に仕え、「赤壁の戦い」では諸葛孔明《しょかつこうめい》と協力し、曹操《そうそう》軍を大敗させた。

（注㊾）**諸葛孔明《しょかつこうめい》**……一八一～二三四年。名は亮《りょう》、孔明《こうめい》は字《あざな》。三国時代の蜀の政治家、軍略家。「三顧《さんこ》の礼《れい》」によって劉備《りゅうび》に迎えられる。「天下三分の計」をとなえる。五丈原《ごじょうげん》で司馬懿《しばい》（仲達《ちゅうたつ》）と戦いの最中、陣中で斃《たお》れる。

（注㊿）**孫権《そんけん》**……一八二～二五二年。字は仲謀《ちゅうぼう》。三国時代の呉《ご》の初代皇帝。孫武《そんぶ》の子孫といわれている。父は孫堅《そんけん》、兄は孫策《そんさく》（一七五～二〇〇年）。孫権が崩御すると孫亮《そんりょう》が十歳で即位するが、内紛が続き、二八〇年に呉は魏《ぎ》を継承した西晋《せいしん》によって滅ぼされ、「三国時代」は終了する。

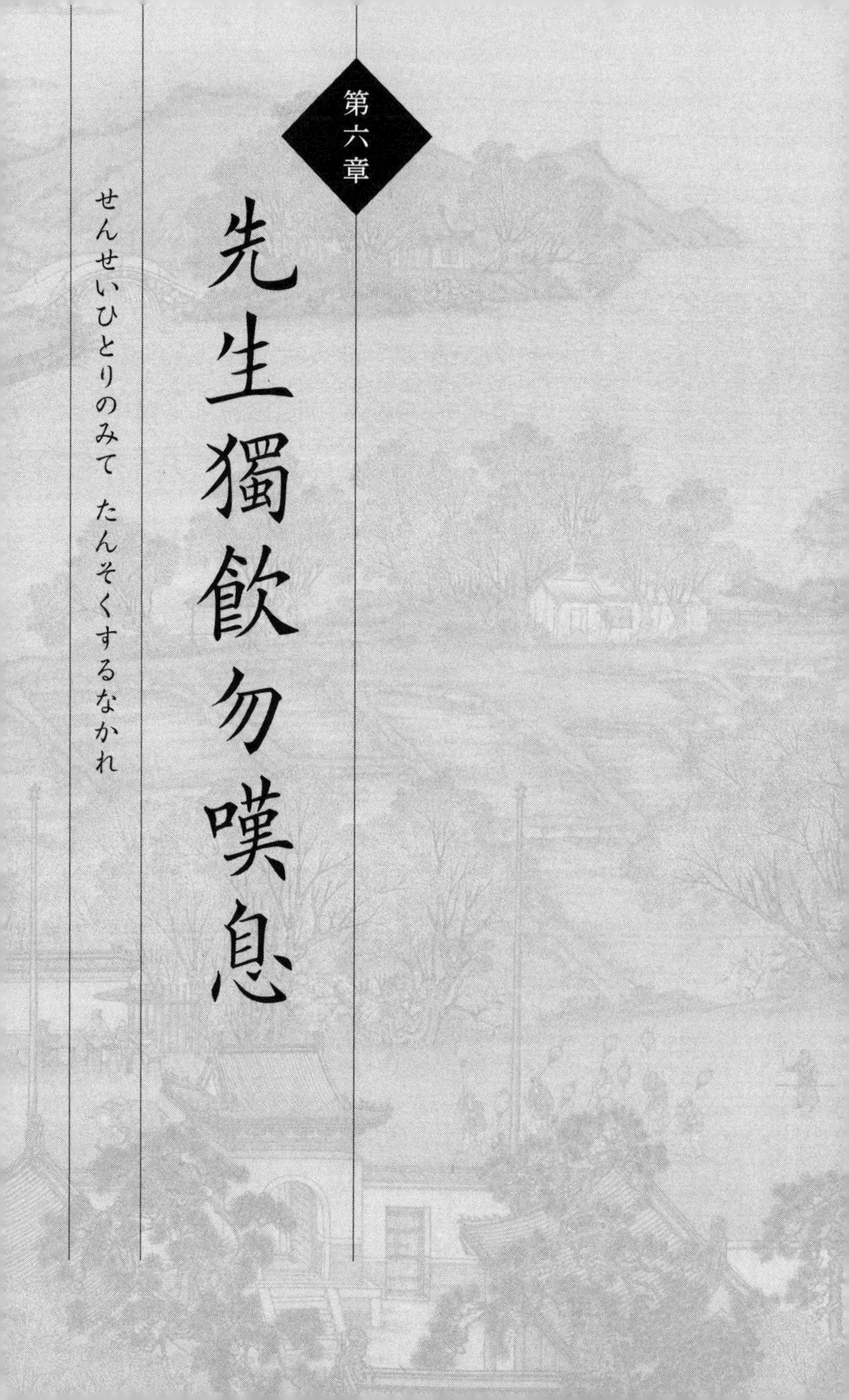

# 第六章

# 先生獨飲勿嘆息《せんせいひとりのみて　たんそくするなかれ》

# 一 恵州への流刑

高太后《こう》の死は元祐《げんゆう》八年（一〇九三年）九月のことですが、実はその二年前、哲宗《てっそう》皇帝が十八歳になったころから、宮廷内では皇帝の親政が始まっていました。哲宗は親政を始めた当初は安全運転に努めていました。高太后は自分が信頼を寄せる蘇軾《そしょく》を揚州《ようしゅう》知事からわざわざ召喚し、朝廷の顕職のひとつである皇帝の養育係に就任させたのは、前章で述べたとおりです。しかし皇帝は、自分の権力が大きくなるにしたがって、これまでの政治とは一線を画した「自分自身の政治」を行なってみたくなるものです。

そして蘇軾が、年若い皇帝を立派な皇帝にすべく養育するにあたって実感したのは、哲宗皇帝が傍らに多くの少女を侍《はべ》らすなど女色を好み、暴君になる可能性を持った危うい人物だということでした。

いよいよ高氏の病も篤くなった八月、蘇軾に二十五年連れ添った妻の王閏之《おうじゅんし》が先立ちます。享年四十六。苦しい黄州《こうしゅう》での生活を一緒に凌《しの》いだ連れ合いです。もちろん当時の蘇軾に愛《あい》妾《しょう》がいなかったわけではありません。有名な側室に朝雲《ちょううん》と呼ばれる女性がいましたが、長年苦楽をともにした妻の死は、側室の存在によって埋め合わされるものではありません。還暦を間近にした蘇軾にとっては、心に大きな穴が開《あ》いたような茫然自失の日々が続いたことでしょう。そこへ追い打ちをかけるように、高氏が逝去したのです。

＊　　＊

朝廷内では、神宗《しんそう》時代に皇帝から重用され、その後、高太后が実権を握る中で、鳴りを潜めていた新法党の面々が、哲宗親政によってその周囲に集まり始めます。彼らがまず手をつけたのは、蘇軾ら旧法党の追い落としでした。そして、いよいよ高太后の死期が近づいたと見ると、一挙に宮廷内でクーデタを起こしたのです。

新法党の首魁《しゅかい》であった章惇《しょうとん》が復権し、クーデタは成功しました。そしてまず、高太后に寵愛《ちょうあい》された旧法党の高官約三十人が京師《みやこ》を追われます。最初にこの報復人事の対象となった蘇軾は、北西路安撫使兼馬歩軍都総管《ほくせいろあんぶしけんばほぐんとそうかん》との役職を与えられ、定州《ていしゅう》知事への左遷が決まります。定州は現在の北京から約一〇〇キロの距離、河北省定県にあたり、北方の異民族国家・遼《りょう》との国境にも近く、宋軍の軍事拠点がありました。蘇軾の「北西路安撫使兼馬歩軍都総管」

の肩書は、現地の歩兵と騎兵の師団長といった役職で、宋朝の制度では蘇軾のような文官が、軍職に就くことも稀ではなかったようです。

元号が改まった紹聖《しょうせい》元年（一〇九四年）、章惇は宰相に就任し、配下の曽布《そうふ》と王安石《おうあんせき》の娘婿の蔡汴《さいべん》が執政となります。この年の四月、蘇軾は定州に赴任するにあたって、哲宗に直接会って挨拶をしようとしたところ、なんと哲宗は面会を拒んだのでした。

「八年間も側《そば》に仕えて、自分なりに帝王学も授けてきたつもりだが、自分は一体、何を教えてきたのだろうか……」

蘇軾はこれまでの努力が無駄だったことを恥じるとともに、哲宗の人物の小ささを改めて感じ、同時に国の将来への不安を覚えたことでしょう。

果たして、北の定州へ向かう途中の蘇軾に、今度は南の英州《えいしゅう》への転勤命令が下ります。英州は現在の広東省英徳県《かんとんしょうえいとくけん》で、広い中国大陸を北から南への大移動です。新法党からの嫌がらせに違いありませんが、それでもこのときの辞令は、「知英州軍州事」ですから、英州の知事として赴任する形にはなっていました。

しかし、その後、英州へ向かう途中の蘇軾に届いた辞令は、「寧遠征軍節度使恵州安置《ねいえんせいぐんせつどしけいしゅうあんち》」でした。「安置《あんち》」とは官職ではなく、「幽閉《ゆうへい》」の意味にほかなりません。蘇軾は文字どおり、恵州《けいしゅう》（現在の広東省恵陽県）への流刑に処されたということです。
二度目の流刑の地、恵州に向かう途中の苦しい旅の中でも、蘇軾はいくつもの詩を作っています。

慈湖夾阻風　五首　其二

此生歸路愈茫然
無數青山水拍天
猶有小舟來賣餅
喜聞墟落在山前

慈湖夾《じこきょう》にて風《かぜ》に阻《はば》まる　五首《ごしゅ》　其《そ》の二《に》

此《こ》の生《せい》　帰路《きろ》　愈《いよ》いよ　茫然《ぼうぜん》
無数《むすう》の青山《せいざん》　水《みず》　天《てん》を拍《う》つ
猶《なお》　小舟《こぶね》の来《きた》って　餅《へい》を売《う》る有《あ》り
喜《よろこ》び聞《き》く　墟落《きょらく》の山前《さんぜん》に在《あ》るを

私の人生で故郷に帰ることはいよいよ難しくなった
長江の辺《ほと》りには青々とした山が連なり　強い風にあおられた波は天にも届くほどだ
こんな強風の日にも　餅を売る小舟がやってくる
聞けば奥深い山の中にも小さな村落があるそうで　喜ばしいことだ

慈湖夾《じこきょう》とは安徽省当塗県《あんきしょうとうとけん》の北にある、長江の分流点を指します。この地で強風に吹かれて難儀したときに作った詩です。

蘇軾の故郷は、嘉州《かしゅう》の眉山《びざん》城（現在の四川省眉山県）ですから、南の広東に行けば故郷はさらに遠くなります。まさに前途は真っ暗で、生涯、故郷には帰れないだろうとの暗澹《あんたん》たる気持ちになったことでしょう。しかし、絶望はしていません。嵐の中でも、庶民は生活のために餅を売って凌《しの》ぎます。旺盛な生活力です。遠くの山間にも村落はあると聞いて、人々の生きる力の逞《たく》ましさに、蘇軾は限りない共感を覚えるのでした。

こうして苦境にあっても明るさを失わない蘇軾ですが、ここではそんな彼の詩とは少し趣が異なる詩を紹介します。これも恵州へ向かう旅の途中に作った詩です。

八月七日初入贛過惶恐灘

七千里外二毛人

十八灘頭一葉身

八月七日《はちがつなのか》　初《はじ》めて贛《かん》に入《い》り　惶恐灘《こうきょうだん》を過《す》ぐ

七千里外《しちせんりがい》　二毛《にもう》の人《ひと》

十八灘頭《じゅうはちだんとう》　一葉《いちよう》の身《み》

山憶喜歡勞遠夢
地名惶恐泣孤臣
長風送客添帆腹
積雨扶舟減石鱗
便合與官充水手
此生何止略知津

山《やま》には喜歓《きかん》を憶《おも》うて　遠夢《えんむ》を労《ろう》し
地《ち》の惶恐《こうきょう》と名《な》づくるは孤臣《こしん》を泣《な》かしむ
長風《ちょうふう》　客《かく》を送《おく》りて　帆腹《はんぷく》を添《そ》え
積雨《せきう》　舟《ふね》を扶《ささ》えて　石鱗《せきりん》を減《げん》ず
便《すなわ》ち合《まさ》に　官《かん》の与《ため》に水手《すいしゅ》に充《あ》てらるべし
此《こ》の生《せい》　何《なん》ぞ止《た》だ　略《ほぼ》　津《しん》を知《し》るのみならんや

都から七千里のかなたに　白髪交じりの老人が一人
木の葉のような小舟に乗って十八灘の難所を越える
山を見てはぬか喜びをし　遠い故郷を夢見る
惶恐の地名を見て　孤独な私は一人泣く
川面《かわも》を吹く風は私を乗せた船の帆を膨らませる
降り続いた雨によって舟を浮かべる水嵩《みずかさ》が増し　石の上の泡立つ波も減った
私は役所に雇われて　水夫にでもなるのだろうか
全国の船着き場をほぼ知り尽くしてしまっただけの一生なのか

詩題にあるように恵州への道で初めて江西省の贛江《かんこう》に来て、惶恐灘《こうきょうたん》を過ぎたところで作った七言律詩です。「惶恐《こうきょう》」の文字は手紙などの結びに書く言葉で、「おそれかしこまる」の意味です。また「二毛」とは「白髪交じりの」という意味です。「喜歓《きかん》」については、蘇軾自身の註で「蜀道有錯喜歓舗　在大散関上」（蜀《しょく》への道《みち》に錯喜歓舗《さくきかんほ》あり　大散関《たいさんかん》の上《うえ》に在《あ》り）と書かれています。蘇軾の故郷、四川へ至る道は杜甫の詩『蜀道難《しょくどうなん》』に「蜀道之難　難於上青天」（蜀道《しょくどう》の難《かた》きは　青天《せいてん》に上《のぼ》るよりも難《かた》し）と詠《うた》われているように、険しい道のりで有名ですが、途中の大散関の近くに錯喜歓舗と呼ばれる平地があり、旅人はここにきてほっとします。しかし、またすぐ険しい道が続くため、旅人の喜びはぬか喜びに終わることを意味しています。

　流刑地に向かう旅も三か月に及び、秋の長雨に苦しめられたためか、蘇軾の詩としては珍しく、明るさや伸びやかさがほとんど見られない作品です。

## 二　荔支を食す

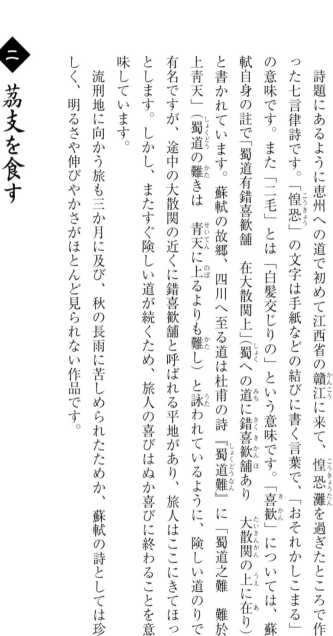

恵州《けいしゅう》は現在の深圳《しんせん》近郊の海岸沿いの地域で、当時は「蛮貊の地《ばんばくのち》」、「瘴癘の地《しょうれいのち》」といわれていました。「蛮貊の地」の「貊」は猛獣の意味で、夢を食べるといわれる「貘《ばく》」とは異なります。また「瘴癘の地」は悪い病気が流行《はや》る地という意味で、「瘴癘」の文字は、今でも、アフリカなどに赴任する外務省職員に「瘴癘地手当」が支給される、という形で使われています。

そんな南の果ての任地でしたが、着任してみると、庶民の性質は純朴で、風光も明媚《めいび》、気候も温暖なため、一年中春のような陽気で花が咲き乱れています。この地での暮らし向きは、もちろん流刑の身ですから楽なことはありませんが、かといって、みじめなものでもなかったようです。

十月に恵州に着いた蘇軾《そしょく》は、到着当初、役所の片隅に滞在しましたが、二週間経って宿に定めたのは仏教寺院の嘉祐寺《かゆうじ》でした。黄州《こうしゅう》のときも蘇軾は定恵院《じょうけいいん》という名の寺院に寄宿しています。

嘉祐寺に居を構えた蘇軾は、かつて黄州でもそうしたように、寺の周辺を散歩するのを日課にしていました。十一月二十六日、近くにある松風亭の梅の花が開花しているのを見て詩心を動かされ一首作詩します。もちろん旧暦ですが、それでも十一月末に梅の花が開花するのは、南国ならではのことと思われます。

十一月二十六日　松風亭下梅花盛開

春風嶺上淮南村
昔日梅花曾斷魂
豈知流落復相見
蠻風蜑雨愁黄昏
長條半落荔支浦
臥樹獨秀桄榔園
豈惟幽光留夜色
直恐冷豔排冬溫
松風亭下荊棘裏
兩株玉蕊明朝暾

十一月二十六日《じゅうにがつにじゅうろくにち》　松風亭下《しょうふうていか》　梅花《ばいか》盛《さか》んに開《ひら》く

春風嶺上《しゅんぷうれいじょう》　淮南《わいなん》の村《むら》
昔日《せきじつ》　梅花《ばいか》　曾《かつ》て魂《こん》を断《た》つ
豈《あに》　知《し》らんや　流落《りゅうらく》　復《また》相見《あいみ》んとは
蛮風《ばんぷう》　蜑雨《たんう》　黄昏《こうこん》に愁《うれ》うるを
長条《ちょうじょう》　半《なか》ば落《お》つ　荔支《れいし》の浦《ほ》
臥樹《がじゅ》　独《ひと》り秀《しゅう》ず　桄榔《こうろう》の園《えん》
豈《あに》　惟《ただ》　幽光《ゆうこう》の夜色《やしょく》を留《とど》むるのみならんや
直《ただ》ちに恐《おそ》る　冷豔《れいえん》の冬温《とうおん》を排《はい》するを
松風亭下《しょうふうていか》　荊棘《けいきょく》の裏《う》ち
両株《りょうしゅ》の玉蕊《ぎょくずい》　朝暾《ちょうとん》よりも明《あき》らかなり

海南仙雲嬌墮砌
月下縞衣來扣門
酒醒夢覺起繞樹
妙意有在終無言
先生獨飲勿嘆息
幸有落月窺清尊

海南《かいなん》の仙雲《せんうん》　嬌《きょう》として砌《せい》に堕《お》ち
月下《げっか》の縞衣《こうい》　来《きた》りて門《もん》を扣《たた》く
酒醒《さけさ》め　夢覚《ゆめさ》め　起《た》ちて樹《き》を繞《めぐ》る
妙意《みょうい》　在《あ》る有《あ》りも　終《つい》に言無《げんな》し
先生《せんせい》　独《ひと》り飲《の》みて　嘆息《たんそく》する勿《なか》れ
幸《さいわ》い　落月《らくげつ》の清尊《せいそん》を窺《うかが》う有《あ》り

春風嶺《しゅんぷうれい》の山々のふもとにある淮南《わいなん》の村で
その昔　梅の花の美しさに心を奪われたことがある
まさか再び　流刑の身で梅の花を見るとは思ってもいなかった
南の地の風に吹かれ　激しい雨に打たれて　黄昏《たそがれ》の中で愁いに沈んでいる
梅の枝は茘支《れいし》の岸辺に半分落ちている
地に臥《ふ》すような梅の幹は　ヤシの林の中でひときわ目立っている
梅の花の奥ゆかしい美しさは夜の気配を留めるだけではなく
その冷たい美しさが　冬の温かさを押しのけてしまわないか心配だ

松風亭に数あるいばらの中で
二株の玉のような花芯《かしん》は　朝の光より輝いている
海南の神秘的な雲が　なまめかしい影を軒《のき》に落とす
月夜に白衣を着た美女が　門を叩《たた》いて訪れる
酒に酔ってのひと眠りから覚め　起き上がり林を散歩する
何とも言えぬ趣《おもむき》はあるが　言葉には尽くせない
先生（蘇軾自身）一人で飲んで　嘆《なげ》くのはおやめなさい
夜半の月の影が酒樽《さかだる》の中に映っている

かつて蘇軾は、開封《かいほう》（汴京《べんけい》）の「御史台《ぎょしだい》の獄《ごく》」から解放されて、流刑の地である黄州に向かう途中、春風嶺《しゅんぷうれい》と呼ばれる山々を越えて旅をした折、山のふもとの村で咲き誇っている梅の花に心を奪われたことがありました。まさか再び流刑の地で、梅の花を愛でることになるとは思いもよりませんでしたが、今、その恵州で、再び梅の花の美しさに見入っている自分がいます。

詩に登場する荔支浦《れいしほ》は恵州郊外にある船着き場の名前で、周辺に荔支《れいし》（荔枝とも書き、ライチともいう）の樹が多いことからこの名前がついたものと思われます。茘支は唐の楊貴妃の好物で、当時は産地である広東から長安まで、毎日、陸送していたとの話が残っています。
その茘支について蘇軾は詩を賦しています。

食茘支　二首　其二

羅浮山下四時春
盧橘楊梅次第新
日啖茘支三百顆
不妨長作嶺南人

茘支《れいし》を食《しょく》す　二首《にしゅ》　其《そ》の二《に》

羅浮《らふ》の山下《さんか》　四時《しじ》春《はる》の如《ごと》し
盧橘《ろきつ》　楊梅《ようばい》　次第《しだい》に新《あら》たなり
日《ひ》に茘支《れいし》を啖《くら》うこと三百顆《さんびゃくか》
長《とこしえ》に嶺南《れいなん》の人《ひと》と作《な》ることを妨《さまた》げず

羅浮山《らふさん》のふもとは　何時《いつ》も春のような陽気だ
ビワもヤマモモもいつも新鮮だ
毎日　茘支《れいし》を三百顆食べても飽きない
こんな美味い食べ物があるのだから　嶺南《れいなん》（広東《かんとん》）の人になって生涯を終えてもいい

第一の流刑地の黄州では、自分で工夫して東坡肉《トンポーロー》を創った蘇軾ですが、再びの流刑地の恵州では、茘支の美味にいたく感動した様子がよくわかります。

しかし、蘇軾は茘支を食べ、恵州の自然を楽しんでばかりいたわけではありません。恵州の知事であった程正輔《ていせいほ》は蘇軾のよき理解者で、蘇軾の相談によく乗ってくれ、あるときは蘇軾に仕事の依頼もしました。

特に、恵州には恵州西湖《せいこ》と呼ばれる湖があり、これまで竹で作った簡便な橋がありましたが、広州との往復にこの橋を渡る人も多く、橋の改修が必要でした。その仕事を蘇軾に依頼したところ、蘇軾は見事に橋の改修工事をやってのけました。蘇軾はよくよく「西湖《せいこ》」という名前の湖と縁があり、生涯に三つの「西湖」と深い関係を持ったことになります。

第一はいうまでもなく杭州《こうしゅう》の西湖、第二は潁州《えいしゅう》の西湖、そして第三が、ここ恵州の西湖です。いずれの地でも、堤を築き、洪水で湖の水が市内に溢《あふ》れるのを抑え、橋を架け、人々の暮らしに安心と便利さを提供しています。政治家としての蘇軾が高く評価される要因のひとつは、こうして水を治めた実績によるものといえるでしょう。

恵州では西湖に橋を架けるだけでなく、もうひとつ人々に感謝される事業を仕上げています。恵州や広州では、人々の飲料水問題が深刻でした。官僚と一部の富裕層は、遠くの山から湧水を引いて飲用水にしていましたが、多くの庶民は雨水を溜めた水を飲んでいたために、病気になる人も多かったのが実情でした。そこで蘇軾は、庶民も山の湧水を飲めるよう水道計画を立てて、大規模な工事を完成させたのでした。

## 三 愛妾 朝雲の死 そして海南島へ

蘇軾《そしょく》と愛妾《あいしょう》・王朝雲《おうちょううん》とのロマンスは、彼の人生に幾重もの彩《いろど》りを添えています。

二人の出会いは、熙寧《きねい》四年（一〇七一年）、蘇軾が通判《つうはん》として杭州《こうしゅう》に赴任した時期にさかのぼります。蘇軾三十六歳、朝雲十二歳のときでした。蘇軾が西湖に船を浮かべて遊んだ宴会に朝雲が呼ばれ、そこで舞ったのが最初といわれています。この「朝雲＝舞姫《まいひめ》」説は多くの書籍などで紹介されていますが、別の説によれば、蘇軾の妻の王弗《おうふつ》が、杭州で自分の侍女《じじょ》として朝雲を召したのが、最初の出会いであったそうです。当時の中国の上流社会では、妻が自分の気に入った侍女を夫の妾《しょう》として差し出すことは一般的でした。自分の代りに夫の面倒を見てもらうのですから、気の利いた侍女を夫に紹介することは、当時の感覚としてはごく自然なことだったと思われます。

また、「朝雲＝舞姫」説によれば、彼女は歌や舞が上手だっただけでなく、才気あふれる会話にも長《た》けていたことに、蘇軾がほれ込んだとのことです。

しかし、朝雲は蘇軾の家に入るまで読み書きはできなかったということが、蘇軾自身の詩の序からも窺《うかが》い知ることができます。このことからも、朝雲は初め、妻の王弗の侍女であったとする説に説得力があると思われます。

いずれにしろ、最初の出会いから三年以上経った熙寧七年（一〇七四年）に、朝雲は蘇軾に側室として仕えることになります。蘇軾と朝雲の関係は、その後、紹聖《しょうせい》三年（一〇九六年）に恵州《けいしゅう》で朝雲が病死するまで、二十三年の長きにわたって続きました。特に、蘇軾が「御史台の獄」に繋《つな》がれ、その後、黄州《こうしゅう》に流刑になった際も、朝雲は蘇軾に従って、黄州での厳しい生活をともにしています。

蘇軾は、黄州で当時、誰も注目しなかった豚のあばら肉を煮込んだ「東坡肉《トンポーロー》」を考案したことになっていますが、実際には、料理を考えたのは朝雲だったかも知れません。辛抱強く活発な女性であった朝雲は、逆境にめげずに蘇軾を励まし続けていましたから、なけなしのお金で安い豚肉を買い、蘇軾の気に入るように味付けして、蘇軾を喜ばせたと考えるのが自然でしょう。蘇軾は今でいうグルメですから、自分自身で料理を作った可能性ももちろんあります。しかし、どちらにしろ、ほかに楽しみのほとんどない黄州の暮らしの中で、蘇軾が朝雲と協力して「東坡肉」を創作したと考えていいでしょう。

＊　＊

名誉回復によって京師《みやこ》に戻り、その後に杭州へと赴任した蘇軾の側《かたわら》には、常に朝雲の姿がありました。特に、杭州の知事として蘇軾が果たした治水事業においても、あるいはまた、杭州が飢饉《ききん》のときに税を免除して朝廷の食糧庫を開き、人々に粥《かゆ》をふるまったときも、そうしたきめ細やかな施策を講じることができた背景には、杭州出身の朝雲が、庶民の声を蘇軾に届け続けた事情があったはずです。

杭州勤務のあと、蘇軾は潁州《えいしゅう》、揚州《ようしゅう》と任地を替わり、再び流刑の憂き目に遭い、新たな任地恵州へと南北の大移動を行なう際も、二人はいつも一緒でした。特に、蘇軾にとって二度目の妻、王閏之《おうじゅんし》が元祐《げんゆう》八年（一〇九三年）に逝去して以降、朝雲は主婦として蘇軾の一家を支えてきました。

そんな朝雲が病に倒れたのは紹聖三年（一〇九六年）、蘇軾とともに恵州に来て三年目の夏のことでした。この年は、蘇軾にとっては不運続きで、二月には恵州知事で蘇軾のよき理解者であった程正輔《ていせいほ》が任を解かれています。同時に蘇軾の生活にあれこれと気を配ってくれた現地の地方官、詹范《せんはん》や章質夫《しょうしつふ》たちも職を離れてしまいました。

朝雲は享年三十四、南方特有の病であるマラリアの一種で亡くなったと伝わっています。まだまだ若い死ですが、この年、蘇軾は六十一歳。還暦も過ぎて、二十年以上連れ添った女性を亡くしたわけですから、精神的に大きな打撃であったことは容易に想像がつくでしょう。傷心の蘇軾は、朝雲の遺骸を恵州西湖のほとりの小高い丘の松林に埋葬します。朝雲の墓誌銘は蘇軾が書きました。その書き出しは、次のように始まっています。

東坡先生《とうばせんせい》の妾《しょう》は朝雲《ちょううん》と曰《い》う、字《あざな》は子霞《しか》、姓は王氏、銭塘《せんとう》の人なり。敏《びん》にして義《ぎ》を好み、先生に事《つか》うること二十有三年、忠敬《ちゅうけい》なること一の如《ごと》し。

「敏にして義を好み」とは、聡明でありながら義、つまり人の道を重んじた、ということでしょう。「忠敬なること一の如し」との表現もありますから、二十三年間、よく仕えてくれたと感謝の気持ちが込められています。

蘇軾は、流刑の身として恵州に来てからというもの、中央政界への復帰の希望は、ほとんど失っていたと思われます。恵州郊外の白鶴山《はくかくざん》に終《つい》の棲家《すみか》とも思える住宅を新築します。すでに現世での出世はもちろんのこと、一切の官務からも解放された蘇軾は、ここで長男の邁《まい》と三男の過《か》とその家族、それに朝雲とともに、自由気ままに暮らそうと考えていました。しかし、その新居が間もなく完成しようとするその矢先に、朝雲の死が蘇軾を襲ったのです。

朝雲の死は紹聖三年（一〇九六年）七月五日。新居の木材を買いに行っていた三男の過が帰るのを待って、八月三日に埋葬が行なわれました。

朝雲の死後、数日を経て作ったのが次の詩です。

悼朝雲　　　朝雲《ちょううん》を悼《いた》む

苗而不秀豈其天　　　苗《びょう》にして秀《ひい》でざるは　豈《あに》　其《そ》れ天《てん》ならずや

不使童烏與我玄
駐景恨無千歳藥
贈行唯有小乘禪
傷心一念償前債
彈指三生斷后緣
歸臥竹根無遠近
夜燈勤禮塔中仙

童烏《どうう》にして我《わ》が玄《げん》に　与《くみ》せしめず
景《けい》を駐《とど》めんとするも　恨《うら》むらくは千歳《せんさい》の薬《くすり》無《な》く
行《ぎょう》を贈《おく》るに　唯《ただ》　小乗《しょうじょう》の禅《ぜん》有《あ》るのみ
傷心一念《しょうしんいちねん》　前債《ぜんさい》を償《つぐな》う
弾指三生《だんしさんしょう》　后縁《こうえん》を断《た》つ
帰《かえ》りて　竹根《ちくこん》に臥《ふ》して　遠近《えんきん》無《な》く
夜灯《やとう》　勤《つと》めて礼《れい》さん　塔中《とうちゅう》の仙《せん》を

若くして亡くなることも運命なのだろうか
老子が説いた奥深い道理もわきまえることとなく
時の流れを停める薬も手に入れることはできなくなって
あなたに贈る永遠の手向けは小乗仏教の祈祷《きとう》をするだけだ
あなたは前世の償いをするために　この世に生まれてきたのだろうか
あっという間の人生で　これからの縁も断たれてしまった
死んで土に還って　あなたと私の距離は近づいた

大聖塔の中にあるあなたの霊を夜通し灯明《とうみょう》を点けてお守りしよう

愛妾朝雲の死の直後ということもあり、蘇軾の宗教的な感情が昂《たかぶ》ったときの詩であるといえます。そのため、「行《ぎょう》」「小乗《しょうじょう》」「一念《いちねん》」「前債《ぜんさい》」「弾指《だんし》」「三生《さんしょう》」といった宗教に関する言葉が多用されています。

朝雲は蘇軾の影響を受け、また自らもよく学んで、深く仏教に帰依《きえ》しており、死の直前に『金剛経《こんごうきょう》』の偈《げ》を念じたと伝わっています。偈とは読経の結びに唱える経文で、朝雲が唱えたのは次のような偈です。

一切有為法《いっさいういほう》　如夢幻泡影《にょむげんほうえい》　如露亦如電《にょるやくにょでん》　應作如是觀《おうさくにょぜかん》

この世《よ》の一切《いっさい》の現象《げんしょう》ははかないもの　現世《げんせ》は夢幻《ゆめまぼろし》うたかたの如《ごと》し

亦《また》　露《つゆ》と稲妻《いなずま》の如《ごと》し　仏《ほとけ》の教《おし》えに従《したが》うまでです

二人のあいだには黄州流刑のときに男の子が生まれます。蘇軾にとっては四男となり遯《とん》と名づけますが、誕生の翌年に亡くなってしまいました。それが、蘇軾の詩の冒頭の「苗而不秀豈其天」（苗《びょう》にして秀《ひい》でざるは　豈《あに》　其《そ》れ天《てん》ならずや）との句に表れています。

この句の表現は朝雲その人を指しているとの説もありますが、彼女の享年は三十四ですから、「若くして……」というには少し年を取りすぎているのではないでしょうか。私は二人のあいだに生まれた子を指すと理解しています。

ともかく、還暦を過ぎた男性が、愛する女性に先立たれることの悲しみは、想像するに余りあるものがあります。蘇軾は生涯に二人の妻と一人の妾《しょう》（実際には複数いたことは蘇軾自身が認めています）と生活をともにします。しかも、最初の妻の王弗《おうふつ》との年の差は四歳、後添えの王閏之《おうじゅんし》とは十一歳の差、そして王朝雲とは二十五歳も年の差がありながら、みんな蘇軾より先に旅立ってしまったのでした。

紹聖四年（一〇九七年）になって、新居は完成しますが、完成して二か月しか経たないうちに、今度は海南島《かいなんとう》への配置換えの知らせが届きます。なんと、流刑先がまたもや変更されたのです。

京師《みやこ》での生活はとうの昔に諦めていました。ですから、この恵州の地を終《つい》の棲家《すみか》として余生をおくりたい。そのくらいは許されるだろう。蘇軾はそう考えていたわけです。しかし、新法党が牛耳《ぎゅうじ》る中央政府からの指令は、さらに海を渡った先にある海南島への流刑でした。この知らせを聞いた蘇軾は、腸《はらわた》が引きちぎられるような深い絶望を覚えたに違いありません。

## 四 弟 轍との別れ

海南島は当時、宋の版図《はんと》に入ってはいましたが、住民はほとんどが黎《リー》族と呼ばれる少数民族で、漢人は、北部の海岸沿いにわずかの入植者がいただけでした。文字どおり「文明の果つる地」です。

恵州《けいしゅう》を発《た》って海南島へ行くには、広東省を流れる西江《せいこう》をいったん遡《さかのぼ》って江西省の梧州《ごしゅう》へ行き、そこからさらに南下し、雷州《らいしゅう》半島から海を渡らなければなりません。ちょうど、雷州（現在の広東省海康県《かいこうけん》）へ流される予定の弟の轍《てつ》（子由《しゆう》）が梧州を通過する予定があるとの知らせを聞いて、蘇軾《そしょく》は梧州に急ぎます。

実際には子由がすでに梧州を通過したあとでしたが、久しぶりの兄との再会の可能性があることを知った子由は、梧州に引き返します。弟を追う兄と、兄に会おうと引き返す弟。この二人が出会ったのは、藤州《とうしゅう》と呼ばれた小さな村でした。お互いを想う気持ちの強い兄弟が会うのは、元祐《げんゆう》八年（一〇九三年）に開封《かいふう》（汴京《べんけい》）で別れて以来、実に四年ぶりのことです。村の粗末な食堂で盃を交わす兄と弟。二人の話題はいつまでも尽きなかったことでしょう。

弟の轍の流刑の地の雷州は、海南島に向かう船着き場がある港町です。蘇軾は、ここからさらに海を渡って、海南島の儋州《たんしゅう》（昌化軍《しょうかぐん》）に赴かねばなりません。

蘇軾と蘇轍の二人は、雷州までの道のりをともにすることにしました。蘇軾は三男の過《か》を同道し、蘇轍は妻と三男の遠《えん》とその嫁を連れています。雷州の知事であった張逢《ちょうほう》は蘇兄弟を尊敬していたので、雷州で盛大な蘇兄弟の歓迎宴会を開きました。また、現地に留まる蘇轍のために官舎を提供しましたが、のちにこのことが朝廷の反対派に発覚し、張逢は知事の職を解かれます。

当時の朝廷は、蘇軾等のいわゆる「元祐官僚《げんゆうかんりょう》（元祐時代前期に実権を握っていた旧法党の官僚たち）」を流刑にしただけでは飽き足らず、流刑地での暮らし向きについてまで監視を強め、わざわざ役人を派遣し、つぶさに報告させていました。蘇軾が恵州からさらに海南島にまで追放された理由は、開封の宰相の章惇《しょうとん》のもとに「蘇軾は恵州でのんびり生活を楽しんでいる」との報告が入ったからとされています。「そうか、それならもっと厳しい地方で苦労をさせよう」と、執念深く陰湿な態度で、蘇軾の海南島送りを決めたのでした。

雷州の知事の行動については、京師《みやこ》から派遣された董必《とうひつ》の知るところとなり、董必は京師《みやこ》へ張逢の解任を進言したのです。このため前述どおり張逢は解任され、その雷州で流謫《るたく》の身であった蘇轍は、こののち、雷州からさらに恵州の東の循州《じゅんしゅう》へと流されたのでした。

蘇軾や蘇轍が生涯に遭遇した三度の大きな弾圧では、二・三回目の章惇（当時の宰相）の手による弾圧のほうが、最初の呂恵卿《りょけいけい》による弾圧よりはるかに執拗《しつよう》かつ苛烈《かれつ》でした。旧法党憎しの一念に燃える章惇は、当時の復讐《ふくしゅう》と粛清の中で、旧法党の首魁《しゅかい》と目され、すでに鬼籍に入っていた司馬光《しばこう》の墓を暴き、その骸《むくろ》に鞭《むち》を打とうと計画したほどです。さすがに部下に諫《いさ》められ、実行に移すことだけは諦めました。

＊　＊

さて、紹聖《しょうせい》四年（一〇九七年）六月、いよいよ兄弟が別れるときに、弟の蘇轍は船着き場に停泊した船に乗り込んで、ここで兄を送る最後の宴を開きます。しかしこのとき蘇軾は、持病である痔疾《じしつ》に悩んでおり、ほとんど酒は飲めませんでした。蘇轍はしんみり蘇軾と語り合い、長い夜を過ごしたようです。

翌六月十一日、この日の早朝、蘇軾は弟と別れ、末子の過《か》とともに海南島へ向かって海へ乗り出しました。この世における蘇軾と蘇轍、二人の最後の別れでした。

海を渡って海南島の北西部の儋州に着いた蘇軾と過の家族は、ほぼ同時に昌化軍軍使（軍の行政長官）として着任した張中《ちょうちゅう》の庇護を受けて、彼の宿舎の隣にあった官舎に仮住まいすることとなりました。張中は開封出身で、神宗《しんそう》時代の煕寧初年に科挙の試験に合格していますから、このときはすでに中年の官僚だったと思われます。こうした地方勤務の官僚の耳にも、蘇軾の高名は届いていました。海南島の厳しい環境の中では、蘇軾に便宜を図るといっても、雨漏りがする粗末な官舎の数部屋を自由に使ってもらえるようにするだけのことでした。しかしこれも、中央から偵察に来た董必の気づくところとなり、張中は職を解かれ、蘇軾と過はこの家を追われることになったのです。

蘇軾が儋州に着いたのは哲宗《てっそう》の紹聖四年（一〇九七年）七月二日のことですが、哲宗は翌年改元を行ない、新しい元号は「元符《げんぷ》」となります。

海南島は、今では「中国のハワイ」と呼ばれ、中国全土はもちろん、東南アジアからも多くの観光客が訪れます。海南島の緯度はハワイとほぼ同じで、中国では唯一熱帯に属しています。島には熱帯雨林が茂り、浜辺では一年中海水浴ができることなどから、レジャーに出かけるのは最適な地かもしれません。しかし、九百年前のこの地で生活することは、筆舌に尽くしがたい困難の連続でした。この島の住民である黎《リー》族は、田を耕さないため米はなく、加えて食肉に乏しく、病気になっても薬はなく、すべて船で本土から運んでこなければならない生活でした。元符元年に六十三歳になった蘇軾は、いよいよこの島で人生を終える覚悟をしたに違いありません。

しかし、そんな厳しい生活の中でも、明るさを失わないのが蘇軾の真骨頂です。この年の九月十二日の書簡に次のような記述があります。

吾始至南海　環視天水無際　凄然傷之　曰
「何時得出此島耶」　已而思之　天地在積水中　九州在大瀛海中
中國在少海中　有生孰不在島者

私が初めて南海（海南島）に着いて　水平線がぐるりと水で囲まれているのを見ると
すっかり落ち込んで思わず口を突いて出た
「一体　何時《いつ》になったらこの島を出られるのだ」
しかし　そのとき　私は考えた　天地はそもそも水に囲まれてできているのだ
世界は大瀛海《だいえいかい》（大海原）の中にあり　中国はその中の小海の中にある
生あるものは皆　この島の上で暮らしているのだ

絶海の孤島への島流しに遭って、島から抜け出せないことに絶望する人もいますが、よくよく考えてみれば、地球のほとんどは海だから、たとえ大陸の中にいても、つまるところ周囲は海で、絶海の孤島にいるのと同じではないか。そう考えれば、島流しに遭った自分の身のうえを、そんなに悲観的に思い悩んで、絶望の淵に沈むこともないではないか……。

蘇軾はそんな楽観的な考えを披瀝《ひれき》しています。

日本の歴史における「島流し」で、最初に思いつくのは、後鳥羽上皇《ごとばじょうこう》の隠岐《おき》への流刑ではないでしょうか。源氏から政権を取り戻そうと「承久《じょうきゅう》の乱《らん》」を起こしましたが、これに失敗して隠岐の中ノ島に流されました。そして亡くなるまでの二十年間を、源氏への復讐《ふくしゅう》心を抱きながら過ごし、死後には「怨霊《おんりょう》」となって源氏に仕返しをしたと伝えられています。

「怨霊」といえば、平安時代の菅原道真《すがわらのみちざね》も宮廷内の権力争いに敗れて大宰府に左遷され、二年後の延喜《えんぎ》三年（九〇三年）に恨みを遺《のこ》して亡くなりますが、彼もまた「怨霊」となって、都に禍《わざわい》をもたらしたとされています。

私たちの世代は、子どものころ、夏の夕方に雷がなると、蚊帳《かや》の中に入って「クワバラ、クワバラ」と唱えた記憶があります。この「クワバラ」というのは、菅原道真の所領地「桑原」のことで、雷に向かって「ここは大怨霊の菅原道真公の所領地だから、ここに雷が落ちたら大変なことになる」との意味であることを知ったのはだいぶあとになってからです（この言い伝えには諸説あります）。

いずれにしろ、日本で島流しにあった貴人の多くは、死後に怨霊となって、のちの世の人々に祟《たた》ったとされています。同じように島流しに遭っても、前向きに生きる意欲を失わなかった蘇軾の明るさとは対照的です。

＊　＊

海南島での日々の暮らしの中で蘇軾は、衣食住について人間が最低限の生活をおくるうえで必要な環境を、徐々に整えることはできましたが、士大夫《したいふ》の蘇軾にとって欠かすことのできないものがここにはありません。つまり、良質の紙や筆、墨がほとんど手に入らないことは大きな問題でした。しかし、こうした必需品も、張中を始めとした蘇軾に心を寄せる人々の援助で、何とか手に入れていたようです。墨は蘇軾が自ら現地の材料を集め、手作りの墨を作りました。父と一緒に墨づくりに汗を流した息子の過《か》は、その後いっぱしの墨作りの職人となり、その技を極めるまでになったといいます。

そうした日々の暮らしを支えるために、蘇軾は相応の時間を費やしました。しかし、それ以外は、蘇軾にとって自由な時間です。その中で蘇軾が続けたのは、尊敬する陶淵明《とうえんめい》（陶《とう》潜《せん》）（注51）の詩に次韻《じいん》して、自らの詩を作ることでした。陶淵明は生涯に百三十余りの詩文を作り、それが現在にまで残っています。その陶淵明の詩に次韻して詩を作る作業を、蘇軾は潁州《えいしゅう》に左遷されたころから始めており、恵州ではすでに全体の四分の三にまで達していました。ですから海南島では、残りの四分の一の作品に対して、詩作を行なえばよかったのです。

陶淵明は、四十一歳で官職を去るときに賦した「歸去來兮　田園將蕪胡」（帰りなんいざ、田園まさに荒れなんとす）との書き出しで始まる『歸去來辭』（帰去来の辞）の作者として有名です。彼はまた田園詩人としての評価が定着していますが、もうひとつ彼の人生を表現するのに相応《ふさわ》しい「寒士《かんし》」という言葉があります。

陶淵明が生きた魏晋《ぎしん》南北朝の時代の「寒士」とは、出身が貧しいながらも学問を修めた知識人を意味し、『晋書《しんじょ》』には「寒士《かんし》　富豪《ふごう》の交《こう》を結《むす》ばず」との言葉があります。つまり貧しさにめげずに、自分の生き方を貫く人物という意味でしょう。まさに陶淵明の人生そのものです。

陶淵明の曾祖父《そうそふ》は晋の名将である陶侃《とうかん》といわれていますが、陶淵明が生まれたときにはすでに実家は没落しています。官職についても下級官吏のレベルを出ず、官を辞するときの職も郷里に近い彭沢《ほうたく》県の県令《けんれい》であって、決して顕職とはいえない地位でした。

一方、蘇軾は科挙に優秀な成績で合格し、中央政界では宰相に次ぐ地位に上り詰めたことがあり、実家も裕福で、陶淵明とは比較にならない華麗な官僚人生をおくったはずです。しかし、実際には、中央政界の荒波に翻弄《ほんろう》され、黄州《こうしゅう》、穎州、そして恵州に左遷された挙げ句、最後は一切の官職を解かれて海南島に流刑になった経緯を考えると、それまでの顕職が一体何であったのか？　自分も陶淵明と同じ「寒士」にほかならない、と自覚して、陶淵明の人生と、その詩に共鳴したのだと思います。

ここでは蘇軾が紹聖二年（一〇九五年）、恵州にいたときに、陶淵明の詩に和した作品と、元符元年（一〇九八年）海南島での作品を紹介します。

紹聖二年の詩の元となった陶淵明の詩は、有名な「歸園田居」（園田《えんでん》の居《きょ》に帰《かえ》る）ですので、併せてその詩も紹介します。

和陶歸園田居六首　其二

窮猿既投林
疲馬初解鞅
心空飽新得
境熟夢餘想
江鷗稍馴集
蜑叟已還往

陶《とう》の「園田《えんでん》の居《きょ》に帰《かえ》る」六首《ろくしゅ》に和《わ》す　其《そ》の二《に》

窮猿《きゅうえん》　既《すで》に林《はやし》に投《とう》じ
疲馬《へいば》　初《はじ》めて鞅《おう》を解《と》く
心《こころ》は空《むな》しく　新得《しんとく》に飽《あ》き
境《きょう》は熟《じゅく》して　余想《よそう》を夢《ゆめ》む
江鷗《こうおう》は　稍《やや》　馴《な》れ集《あつ》まり
蜑叟《たんそう》は　已《すで》に還往《かんおう》す

南池綠錢生
北嶺紫筍長
提壺豈解飲
好語時見廣
春江有佳句
我醉墮渺莽

南池《なんち》には緑銭《りょくせん》　生《しょう》じ
北嶺《ほくれい》には　紫筍《しじゅん》　長《ちょう》ず
提壺《ていこ》　豈《あに》　飲《いん》を解《かい》せんや
好語《こうご》　時《とき》に　広《ひろ》うせらる
春江《しゅんこう》　佳句《かく》　有《あ》り
我《われ》　酔《よ》うて　渺莽《びょうぼう》に堕《おと》せり

追われた猿は林に逃げ込み
疲れた馬はくびきの皮ひもから解き放され
私の心は解放され　新しい歓びがいっぱいだ
周りにはすっかり親しんだものが溢《あふ》れ　夢の中にまで入り込む
川のかもめともすっかり親しくなって　すぐ近くまで集まってくる
水上生活のおじいさんとも懇意になって
南の池にはハスの葉が青々と茂り
北の山には紫色の筍《たけのこ》が大きくなっている

野鳥の提壺《ていこ》は酒の味も知らないくせに
タイミングよく鳴いて私の心を伸び伸びとさせてくれる
春の大河を前に素晴らしい詩の句が思いついたのに
酔っ払ってその句をどこか遠くに忘れてきてしまった

ここで陶淵明自身の詩も鑑賞することにしましょう。
なお、陶の原作は五首で、蘇軾は、梁《りょう》の江淹《こうえん》の詩も加えて六首としています。

帰園田居　五首　其二
園田《えんでん》の居《きょ》に帰《かえ》る　五首《ごしゅ》　其《そ》の二《に》

野外罕人事
窮巷寡輪鞅
白日掩荊扉
虚室絶塵想
時復墟曲中

野外《やがい》　人事《じんじ》　罕《まれ》に
窮巷《きゅうこう》　輪鞅《りんおう》　寡《すくな》し
白日《はくじつ》　荊扉《けいひ》を　掩《おお》い
虚室《きょしつ》　塵想《じんそう》を　絶《た》ち
時《とき》に復《また》　墟曲《きょきょく》の中《うち》

披草共來往
相見無雜言
但道桑麻長
桑麻日已長
我土日已廣
常恐霜霰至
零落同草莽

草《くさ》を披《ひら》いて共《とも》に来往《らいおう》す
相見《あいみ》て　雑言《ざつげん》無《な》く
但《ただ》道《い》う　桑麻《そうま》長《の》びたりと
桑麻《そうま》　日《ひ》に已《すで》に長《の》び
我《わ》が土《ど》　日《ひ》に已《すで》に広《ひろ》し
常《つね》に恐《おそ》る　霜霰《そうさん》の至《いた》り
零落《れいらく》して　草莽《そうもう》に同《おな》じからんことを

人里離れた田舎では人の行き来もあまりなく
ましてやこんな路地裏に貴人の車も入ってこない
昼間から柴の扉を閉ざして
何にもない部屋で　俗世界の煩わしい想いを絶ち
時々　村の外れで
草を刈りながら村人と行き来する
お互いに無駄話をするでもなく

桑や麻が成長したというだけだ
桑や麻は日に日に成長して
私の畑は広くなっていく
しかしいつも心配しているのは　霜や霰が降り
作物をすっかり枯らして畑が雑草の生い茂る土地になってしまうことを

二つの詩を読み比べれば分かるように、両方の詩とも韻字は、「鞅《オウ》」・「想《ソウ》」・「往《ジュウ》」・「長《チョウ》」・「廣《コウ》」・「莽《モウ》」を使っています。韻字を使う順番も同じで、こうして詩を作ることを次韻というのは前に紹介したとおりです。

和陶郭主簿二首　其一
陶《とう》の郭主簿《かくしゅぼ》二首《にしゅ》に和《わ》する　其《そ》の一《いち》

今日復何日
今日《こんにち》　復《また》　何《なん》の日《ひ》ぞ

高槐布初陰
高槐《こうかい》　初陰《しょいん》を布《し》く

良辰非虚名
良辰《りょうしん》　虚名《きょめい》に非《あら》ず

清和盈我襟
孺子巻書坐
誦詩如鼓琴
却去四十年
玉顔如汝今
閉戸未嘗出
出爲鄰里欽
家世事酌古
百史手自斟
當年二老人
喜我作此音
淮德入我夢
角羈未勝簪
孺子笑問我
君何念之深

清和《せいわ》　我《わ》が襟《えり》に盈《み》つ
孺子《じゅし》　書《しょ》を巻《ま》きて坐《ざ》す
詩《し》を誦《しょう》すること　琴《こと》を鼓《こ》するが如《ごと》し
却《かえ》って去《さ》ること　四十年《しじゅうねん》
玉顔《ぎょくがん》　汝《なんじ》が今《いま》の如《ごと》し
戸《こ》を閉《と》じて　未《いま》だ嘗《かつ》て出《い》でず
出《い》でては　鄰里《りんり》の欽《きん》と為《な》る
家世《かせい》　事《こと》ごとに　古《いにしえ》を酌《く》み
百史《ひゃくし》　手自《てみずか》ら　斟《しん》す
当年《とうねん》の　二老人《にろうじん》
我《わ》が　此《こ》の音《いん》を作《つく》るを喜《よろこ》びたまえり
淮《わい》と徳《とく》　我《わ》が夢《ゆめ》に入《い》る
角羈《かくき》　未《いま》だ簪《しん》に勝《た》えざる
孺子《じゅし》　笑《わら》って我《われ》に問《と》う
君何《きみなん》ぞ　之《これ》を念《おも》うこと深《ふか》きと

今日は一体　何の日だというのだ
高い槐《えんじゅ》の木に生い茂った緑の葉は　地面に影を落としている
清明《せいめい》の良き日はその名に恥じない
すがすがしい気が私の着物の襟元《えりもと》に溢《あふ》れている
倅《せがれ》が暗記をしているのか　書物を閉じて坐《すわ》っている
詩を詠《うた》っているが　琴を弾《ひ》いているようだ
今を去ること四十年
そのころの私の顔《かんばせ》は　今のお前のようにみずみずしかった
家の中に閉じこもって勉強をよくして
たまに外に出れば「あの秀才だよ」と称賛《しょうさん》の的《まと》だった
家は代々　古典の研究に熱心だったから
歴史書も父が自分で注釈《ちゅうしゃく》を加えた本を読んだものだ
当時の父と祖父は
私が書を朗読《ろうどく》する声を聞くのが何よりの楽しみだった

孫の淮《わい》と徳《とく》の夢はよく見る
二人ともまだ子どもで結《ゆ》った髪に簪《かんざし》は重くてさせない
そんなことを考えていると　我が子が笑って問いかけた
「二人のことがそんなに気になりますか」と

陶の郭主簿《かくしゅぼ》はもちろん、陶淵明のことです。

元符元年（一〇九八年）、蘇軾六十三歳のときの作品です。清明節の日、父の側《かたわら》で、三男の過《か》が書物を朗読しているのを聞きながら、四十年以上前に、自分も父や祖父の前で、同じように書物を朗読したものだったと、往時を懐かしんでいます。

この詩に登場する淮《わい》と徳《とく》（いずれも幼名）は、蘇軾の三男・過《か》の子であると思われます。

この年（元符元年）、過は二十六歳になりますが、蘇軾の流謫《るたく》の旅《たび》に付き従って、ここ海南島まで来ています。しかし、その子の淮と徳は、父と離れて恵州で暮らしていました。ですから蘇軾は、二人の幼い孫を夢でしか見ることができないのです。

三男の過は、もちろん科挙の試験などは受験していません。それでも父の指導を受けて、士大夫としての教養は身につけていました。過は詩作と絵画に優れた才能を父から受け継ぎ、蘇軾の死後、徽宗《きそう》皇帝の御前に呼び出され、絵画の腕前を披露したと、のちの記録にあります。

また昌化軍軍使の身で、あれこれと蘇軾一家の面倒を見た張中と過は馬が合ったのでしょう、共通の趣味である将棋を指し、傍らでその様子を蘇軾がじっと見守る――そんな光景が、たびたび見られたようです。

◆四

（注51）**陶淵明《とうえんめい》（陶潜《とうせん》）**……三六五～四二七年？　晋《しん》、東晋《とうしん》の詩人・官僚。晋の袁帝《えんてい》の興寧《こうねい》三年、潯陽《じんよう》（現・江西省《こうせい》九江市《きゅうこう》）に生まれる。最初に官職に就いたのは二十九歳のとき、それから十三年間の官吏暮らしをおくる。最後は郷里に近い彭沢県《ほうたくけん》の県令（県の長官）を八十日あまり務めて四十一歳で官吏を辞める。義理の妹の喪に服すことを口実に、田園に帰る。このとき作った『帰去来《ききょらい》の辞《じ》』はあまりにも有名。百三十首余りの詩を残す。李白《りはく》と並んで酒をテーマにした詩が多い。李白の酒の飲み方は豪放零落《ごうほうれいらく》。一方、陶潜の酒の飲み方は平静《へいせい》であるといわれている。百三十首のうち、四言詩が九首。残りは全て五言の詩。韻文や散文も多く残していて、いずれも味わい深いものがある。文帝《ぶんてい》の元嘉《げんか》四年、六十三歳で亡くなったとされているが、はっきりしない。

# 問汝平生功業

なんじに へいぜいのこうぎょうをとう

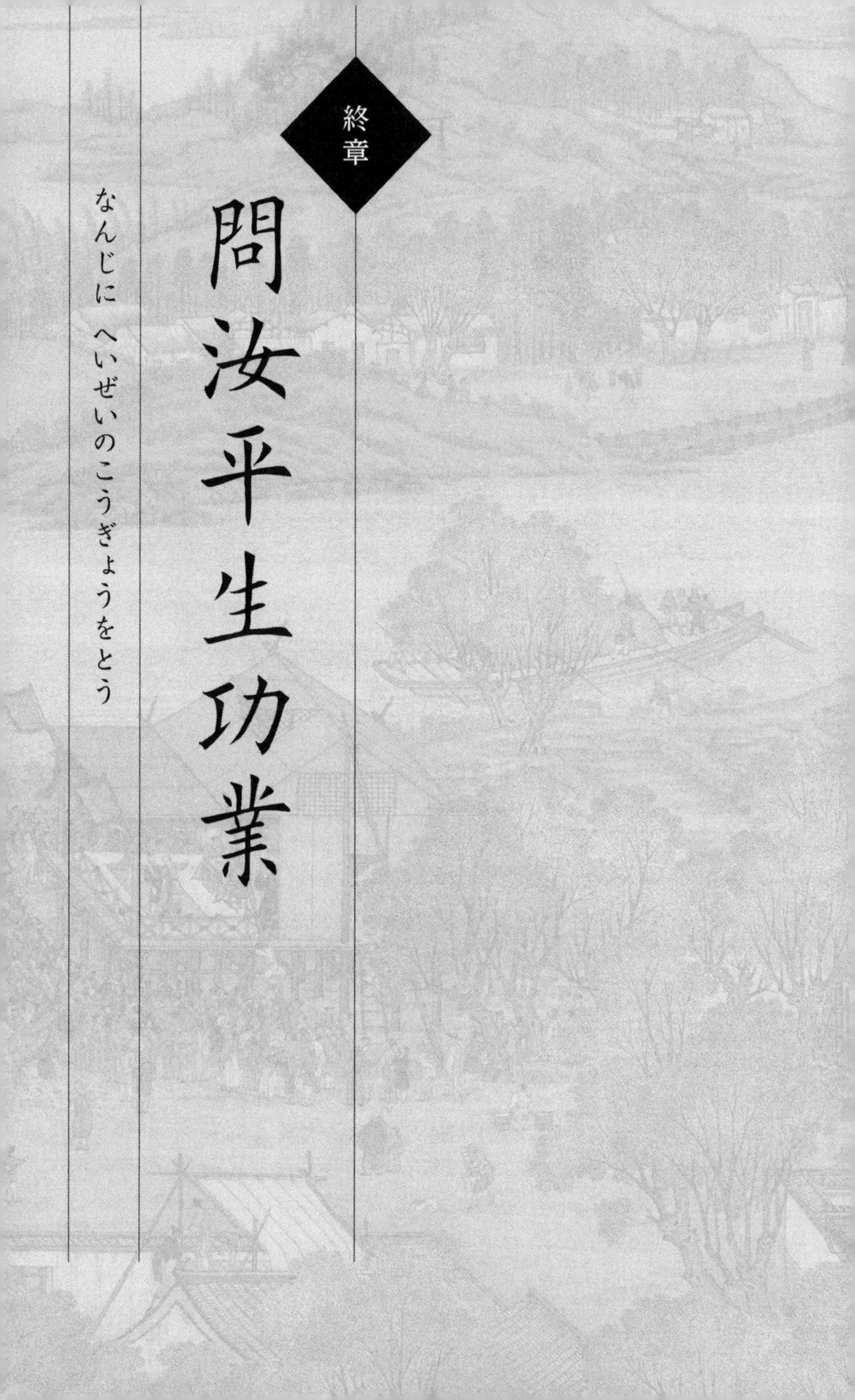

## ◇蘇軾の最期

　蘇軾《そしょく》が海南島《かいなんとう》で暮らし始めて三年が経った元符《げんぷ》三年（一一〇〇年）、京師《みやこ》で皇帝の哲宗《てつそう》が死去します。二十五歳の早すぎる死でした。哲宗の父の神宗《しんそう》と皇后の向氏《しょうし》のあいだに子はなく、哲宗も側室の朱氏が産んだ子です。時の宰相、章惇《しょうとん》は、哲宗の同じ母である朱氏が産んだ簡王《かんおう》を世継ぎにしようと考えます。しかし、それでは、二人の皇帝の実の母ということで、朱氏の力が強くなりすぎることを嫌った向太后《しょうたいこう》は、朱氏とは別の女性が産んだ神宗の子で、哲宗の腹違いの弟に当たる端王趙佶《たんおうちょうきつ》を皇帝に担ぎました。

　端王は帝位に就くと徽宗《きそう》を名のります。徽宗は芸術に関心が強く、絵画と書に早くからその才能を発揮していました。絵画は花鳥風月画を得意とし、現在、日本に伝わる徽宗二十六歳の作とされる『桃鳩図《とうきゅうず》』は、わが国の国宝に指定されています。明治時代には井上馨の所蔵品となっていたことが明らかで、その後は個人の蔵とだけ伝わっていて、一般の人はなかなか実物を見ることはできません。書についても徽宗は、痩金体《そうきんたい》と呼ばれる細く硬い筆致で描かれた独自の書法を残しています。このため「風流皇帝」と称され、芸術をこよなく愛した皇帝は、宋がかろうじて中華の全土を版図に収めた最後の皇帝になりました。

向太后は、徽宗が皇帝について間《ま》もないころは摂政として、いわゆる「垂簾聴政《すいれんちょうせい》」という形で、徽宗に替わって政治の実権を握ります。向太后が最初に手掛けたのは、哲宗時代の新法派一辺倒の宮廷人事を改め、旧法派も起用することによって新旧両派の和解を進めることでした。朝廷内の力関係の変化は、海南島にいる蘇軾の身のうえにも及びます。

元符三年（一一〇〇年）四月、蘇軾をはじめ「元祐官僚《げんゆうかんりょう》」と称されて各地に流されていた人々に、徽宗皇帝の即位を名目にした恩赦の知らせが届いたのです。蘇軾は五月に海南島を離れて、対岸の雷州経由廉州《れんしゅう》（広東省合浦県）に渡りました。このとき作詩したのが「澄邁驛通潮《ちょうまいえきつうちょう》閣《かく》」です。

澄邁驛通潮閣　二首　其二

餘生欲老海南村
帝遣巫陽招我魂
杳杳天低鶻沒處

澄邁駅《ちょうまいえき》の通潮閣《つうちょうかく》　二首《にしゅ》　其《そ》の二《に》

余生《よせい》　老《お》いんと欲《ほっ》す　海南《かいなん》の村《むら》
帝《てい》は巫陽《ふよう》を遣《つか》わして　我《わ》が魂《こん》を招《まね》く
杳杳《ようよう》として天《てん》は低《ひく》く　鶻《はやぶさ》の没《ぼっ》する処《ところ》

青山一髪是中原

青山《せいざん》　一髪《いっぱつ》　是中原《これちゅうげん》

海南の村で　一生を過ごそうと思っていたが
天帝は巫陽の巫女《みこ》を遣わして　私の魂を招こうとする
遠く遠く　天は低く　ハヤブサが去っていくところ
毛髪一筋に細く見える　青い山　あれが中原だ

澄邁《ちょうまい》は、海南島の北岸の瓊州《けいしゅう》（現在の海口市）に近い村です。結句の「青山一髪是中原」が、この七言絶句を巧みにまとめています。私たちが学校の漢文の時間に習う、頼山陽《らいさんよう》の『泊天草洋』（天草《あまくさ》の洋《なだ》に泊《はく》す）の詩の中にも、蘇軾のこの詩にある句を参考にした表現があります。頼山陽のこの漢詩は日本人が作った作品の中では、私は特に気に入っているもののひとつですので、紹介させてください。

泊天草洋

天草《あまくさ》の洋《なだ》に泊《はく》す　　頼山陽

雲耶山耶呉耶越
水天髣髴青一髪
萬里泊舟天草洋
煙横篷窗日漸沒
瞥見大魚躍波間
太白當船明似月

雲《くも》か山《やま》か呉《ご》か越《えつ》か
水天《すいてん》　髣髴《ほうふつ》　青一髪《せいいっぱつ》
万里《ばんり》　舟《ふね》を泊《はく》す　天草《あまくさ》の洋《なだ》
煙《けむり》は篷窓《ほうそう》に横《よこ》たわって日《ひ》漸《ようや》く没《ぼっ》す
瞥見《べっけん》す　大魚《たいぎょ》の波間《はかん》に躍《おど》るを
太白《たいはく》　船《ふね》に当《あ》たって　明《めい》　月《つき》に似《に》る

いちいちの現代語訳は不要でしょう。なお、「篷窗」は舟の小窓、「太白」とは金星のことです。この詩の第二句の「水天髣髴青一髪」（水天《すいてん》　髣髴《ほうふつ》　青一髪《せいいっぱつ》）が、まさしく蘇軾の詩の表現に倣《なら》ったものです。

*　　*

六月二十日の夜に海を渡り、海南島に別れを告げて、七月に廉州に到着した蘇軾は、わずか一月《ひとつき》後には、今度は舒州団練副使《じょしゅうだんれんふくし》の肩書で永州《えいしゅう》（現在の湖南省零陵県《こなんしょうれいりょうけん》）に赴くように指示を受けます。蘇軾にとって長かった流刑の身から、復権の道のりのスタートです。蘇軾は八月に廉州を発ち、永州に向かいますが、その後、約一年にわたる北への旅の途中で病を得て、ついに永州に到着することはありませんでした。

蘇軾は廉州を発つ際に、離れ離れになっていた二人の息子、長男の邁《まい》と次男の迨《たい》に手紙を送り、梧州《ごしゅう》（現在の江西省梧州市）で落ち合って皆で永州に行こうとしたためます。このとき長男の邁は家族と恵州《けいしゅう》に住んでいて、次男の迨は常州《じょうしゅう》から恵州に向かっていました。三男の過《か》は、もちろん海南島でもずっと父と一緒です。しかし、梧州では家族は実際には合流を果たせず、蘇軾が三人の息子とその家族に合流できたのは九月の末、広州《こうしゅう》（現在の広東省広州市）に着いてからでした。

蘇軾とその眷属《けんぞく》の人数が三十人以上に膨れ上がったため、船で永州に向かって旅立とうとしていたとき、再び朝廷からの使いが蘇軾の許《もと》に訪れます。朝奉郎《ちょうほうろう》に復し、提挙成都《ていきょせいと》玉局《ぎょくきょく》観《かん》に任じるとともに、居住制限は解き、どこに住むのも自由、との知らせでした。提挙玉局観とは退職した官吏に与えられる職務です。表向きは居住地近くの祠堂を管理するとの名目ですが、ほんのわずかな俸給（祠禄《しろく》）しか与えられません。

しかし、蘇軾にとってうれしかったのは、わずかな俸給より、どこに移り住んでもいいとの許しを得たことでした。

年が変わり、徽宗によって改元が行なわれて、建中靖国元年《けんちゅうせいこく》（一一〇一年）となります。「どこへ住むかはあとで決めることにして、まず北を目指そう」と、蘇軾と家族は新年を待たずに北帰行の旅に出ます。新年の元日、一行は現在の江西省と広東省との境にある大庾嶺《だいゆれい》を越えるあたりにいました。大庾嶺のある南嶺山脈《なんれいさんみゃく》は、現在でも華中と華南を分ける山脈として、中国の地理の教科書に必ず登場します。

当時の中国の官僚のあいだでは、「大庾嶺を越えて南に赴任したら、再び北へは帰ってくることができない」との言い伝えがありました。

蘇軾は紹聖《しょうせい》元年（一〇九四年）九月、哲宗の時代に起こった宮廷クーデタとも呼べる政変で、恵州に流される途中、この大庾嶺を通過しています。それから七年、苦難の歳月を経て、今、再び大庾嶺を、今度は北に向かって越えていく旅の途中にあるのです。万感の思いを禁じ得なかったでしょう。

また、大庾嶺は唐の時代の宰相、張九齢《ちょうきゅうれい》（注52）が梅の樹を植えたことから、見事な梅園となっています。この大庾嶺の山上で、蘇軾は一人の老人に出会いました。老人は、蘇軾とは知らずに、「どちら様のご一行ですか？」と尋ねたので、蘇軾が名のると老人はいたく驚き、

「あれだけ何度も厳しい迫害に遭いながら、こうして今、大庾嶺を越えて北に帰ろうとしておられるのは、天の祐《たす》けがなければかなわぬことです。あなたは天によって生かされている。天祐《てんゆう》の善人です」と語りました。蘇軾は、この老人に詩を贈り、山を下ったそうです。

一行は大庾嶺を下り、さらに北へ向かおうとしますが、ここでまた難題が発生します。虔州《けんしゅう》（現在の江蘇省贛州《かんしゅう》市）で一行を乗せる船を待っていたところ、水路にあたる贛江《かんこう》の水が枯渇したため、数か月ものあいだ、ここ虔州に逗留することになったのです。

虔州は、さほど大きな街ではありませんから、蘇軾一行がこの街に滞在しているという噂はすぐに街中の話題になりました。街の住人で、蘇軾の詩や書の才能を識《し》る人々は、「ぜひ先生の書をいただきたい」と、紙と墨を持ってひっきりなしに蘇軾の宿舎に訪ねてきます。蘇軾の書を手に入れた一人が、「これがあの蘇東坡《そとうば》先生の書だ」と自慢げに他人に見せれば、「自分にもぜひ」となってしまいます。そんなわけで、大勢の人が蘇軾の宿舎に押しかけたそうですが、蘇軾は嫌な顔ひとつせず、これに応じたと伝わっています。

蘇軾は詩を賦し、その詩を揮毫《きごう》して他人に贈呈することが好きだったのでしょう。しかし、それ以上に、自分の書をもらって喜ぶ人々の姿を見て、自分の歓びとしたのです。

虔州で贛江の水嵩《みずかさ》が増すのを待っているあいだに、一人の旧友が蘇軾を訪ねてきました。劉安世《りゅうあんせい》（注53）その人で、哲宗時代に、司馬光《しばこう》によって中央政界に引き上げられたいわゆる「元祐官僚」の一人です。蘇軾と並んで、いやひょっとすると蘇軾以上に剛毅《ごうき》の士で、皇帝や宰相に幾度となく諫言《かんげん》を行なっています。それがために恨みを買うことも多く、哲宗親政となって朝廷を追われたあと、当時「八大険悪軍州」といわれた僻地のうち、なんと七か所への左遷を経験しています。劉安世もまた徽宗皇帝の即位によって赦《ゆる》され、北上する旅の途中にあったのです。

三月下旬、蘇軾と劉安世はともに虔州を発ち、北へ向かいました。蘇軾は四月に南昌《なんしょう》（現在の江西省の省都）に着き、五月に金陵《きんりょう》（現在の南京）に到着しました。やっと江南の地に帰ってきたのです。江南の春から夏にかけての気候は温順で、長い流刑の生活で疲れた蘇軾の身体と精神を癒《いや》したことでしょう。

江南の地に戻って、これから定住する土地を決めなければなりません。蘇軾にとって馴染みのある土地は、故郷の蜀《しょく》（四川）、そして京師《みやこ》の開封《かいふう》（汴京《べんけい》）、さらに任地で気に入っていたのは杭州《こうしゅう》や蘇州《そしゅう》の江南地方です。

弟の蘇轍《そてつ》はすでに復権して、このときは陳州《ちんしゅう》の通判《つうはん》（副知事）になっていました。兄はすでに高齢で、復権後の地位も、あてがい扶持の提挙玉局観ですが、「弟はまだ若く、朝廷での出世も期待できる」と考えた蘇軾は、いったん開封から、さほど遠くない穎昌《えいしょう》（現在の河南省許昌《きょしょう》）に住むことを考えます。長男の邁《まい》も次男の迨《たい》も、そして三男の過《か》も、皆うまく合流できて揃っているのに、最愛の弟の轍とはまだ再会を果たしていません。「それなら、私が轍の近くに行って一緒に住もう。」蘇軾はこう考えたに違いありません。

本書の第一章で紹介した『辛丑《しんちゅう》十一月十九日……』の詩を思い出してください。兄弟で早くから約束した「いつの日にか二人で寝床を並べて眠り、さびしい夜の雨の音を共に聴こう」との「夜雨対床《やうたいしょう》」の思いを、蘇軾は何としても実現したかったのです。

しかし、結局この約束は果たせませんでした。

弟と一緒に住むという長年の夢を諦めた理由は、やはり京師《みやこ》の開封との距離の近さでした。「もう自分は政治から完全に身を引いた。政治の争いには二度と巻き込まれたくはない。穎昌に住むことになれば、嫌でも京師《みやこ》の政治の情報が日常的に届くだろう。もう政治の話はまっぴらだ。政治とは完全に縁を切って静かに暮らしたい」

そんな蘇軾の心境が、私にはよく分かります。

＊

五月下旬、蘇軾はかつて何度か訪問したことのある金山《きんざん》（現在の江蘇省鎮江《ちんこう》市の付近で、当時は長江に浮かぶ島であったが、現在は岸とつながっている）の寺を訪れています。この寺には、宋の政治家であり、画家としても有名な李公麟《りこうりん》の筆になる蘇軾の画像が蔵されています。今回の訪問の目的は、その画を前にして自ら詩を作ることにありました。そこで作ったのが次の六言絶句です。

＊

自題金山畫像

心似已灰之木
身如不系之舟
問汝平生功業
黄州惠州儋州

自《みずか》ら金山《きんざん》画像《がぞう》に題《だい》す

心《こころ》は已《すで》に木《き》の灰《はい》となるに似《に》たり
身《み》は系《つな》がざる舟《ふね》の如《ごと》し
汝《なんじ》に平生《へいぜい》の功業《こうぎょう》を問《と》わば
黄州《こうしゅう》　恵州《けいしゅう》　儋州《たんしゅう》なり

心は燃え尽きた木の灰のようだ
身はつながれていない小舟のようだ
これまでの手柄は何かと問われれば
黄州　恵州　儋州だと答える

死の三か月前の作です。

「これまでの手柄は何か？」と問われて、「黄州、恵州、儋州だ」と答えるのは、自虐的だ、あるいは自嘲的だ、と考える読者がいるかも知れません。しかし、私はそうは思いません。たしかに黄州、恵州、儋州では筆舌に尽くしがたい厳しい生活をおくりました。また、これら流刑の地で、蘇軾の政治家、官僚としての将来は、ほぼ完全に閉ざされたといってもいいでしょう。

しかし、彼の詩人、思想家、芸術家としての資質は、まさにこの土地で磨かれたのです。「艱難汝《かんなんなんじ》を玉《たま》にす」という言葉があります。これは西洋のことわざが語源で、中国の古典の成語を引けば、『礼記《らいき》』の「玉不琢不成器」（玉琢《たまみが》かざれば器《うつわ》を成《な》さず）があてはまるでしょう。これらの言葉のとおり、黄州、恵州、儋州での艱難辛苦が、蘇軾の思想に広がりを与え、詩詞や散文、絵画などの芸術に深みをもたらしたのです。

流刑の地、黄州での厳しい生活があったからこそ、「寒食の雨」の詩が生まれ、「神品至宝」と呼ばれる『黄州寒食詩巻』が誕生したのです。「蛮貊《ばんばく》の地」、「瘴癘《しょうれい》の地」といわれた恵州では、愛妾《あいしょう》の朝雲とともに深く仏教に帰依し、同時に、物事を全体的にとらえる「巨視《きょし》の哲学」を獲得します。さらに儋州では、恵州の時代から始めた陶淵明の全ての詩に次韻して、自らの詩を作るという遠大な計画をついに完成させたのでした。

こう考えると、今日に伝わる詩人、思想家、芸術家としての蘇軾の生涯の業績のほとんどは、蘇軾自身が認めるように黄州、恵州、儋州の地で育《はぐく》まれたものであることがわかります。蘇軾にとってこれらの地での日々は、かけがえのない毎日であり、そのことを心底、誇りたかったに違いありません。自虐的や自嘲的にではなく、「自分の生涯の功績は、三つの流刑地での生活の中にあった」と誇らしくいい切っているのです。

蘇軾はその後、真州《しんしゅう》（現在の江蘇省儀征市真州鎮《ちん》）に帰ったころから体調を悪くしました。実は、海南島にいた当時から蘇軾は自分で現地の薬草を調べ上げ、体調の悪い原地の人々に薬を施す医師の役割も果たしていました。ですから、医学の知識は、当時の一般の人よりはるかにあります。六十六歳という年齢は、当時の平均から考えれば十分高齢ですが、医師として自分を診ても、気力も体力もまだまだ充実しており、蘇軾は自分がこのまま死に至るとは思っていなかったでしょう。久しぶりに米芾《べいふつ》が訪ねてきて、夜遅くまで談笑し、翌日は二人揃って近くの観光地の西山《せいざん》に赴き、山歩きまで楽しんでいます。

米芾は、蔡襄《さいじょう》、蘇軾、黄庭堅《こうていけん》と並んで書の歴史のうえで「宋代四大家《そうだいしだいか》」と称されています。ただ「四大家」の中で、彼だけは科挙の試験に合格しておらず、そのために政治の世界では顕職には就いていません。しかし、その書の実力と、王羲之《おうぎし》などの書を鑑定する眼力の確かさは群を抜くものがあり、書画を愛した徽宗皇帝に、その鑑識眼を買われて側に仕えることになりました。蘇軾よりも十六歳年少で、奇人とも評される米芾でしたが、蘇軾は彼の才能を高く評価していました。

米芾が帰ったあとも蘇軾の体調はすぐれず、六月に入って病状が悪化します。今でいうアメーバー赤痢であったと林語堂《りんごどう》の『蘇東坡伝』は記述していますが、下痢が酷《ひど》く、食事がのどを通らない状況が続きました。

六月十五日、真州を出て常州《じょうしゅう》へ帰る船の中で、病状はますます悪化しますが、蘇軾は気力で頑張りぬき、何とか常州にたどり着きます。常州は、あの「乞常州居住表」書いて居住を望んだ城市《まち》です。

七月に入り、蘇軾は一時的に小康を得ますが、自分に残された時間が決して長くないことを悟った蘇軾は、最期のときを前にして、七月十八日に三人の子どもに遺言を与えています。

「子由《しゆう》に会えずにこの世を去るのは心のこりだが、子由には墓誌銘《ぼしめい》を書いてもらいたい。また自分の遺骸《いがい》は、彼の住む潁州の崇山《すうざん》のふもとに埋葬してほしい……」

この日から十日後、建中靖国元年（一一〇一年）七月二十八日、蘇軾は静かに息を引き取ったのでした。

現在に伝わる蘇軾の墓誌銘は、弟の蘇轍（子由）が兄の言いつけどおりに書いたもので、二人の心の通った長い交流を思うと、読む者の涙を誘います。

＊　＊

蘇軾の死後、彼と長年にわたって親交を結んだ禅宗の僧侶、参寥《さんりょう》が蘇軾の死を弔う詞を作っています。その一節に次のような句があります。

峩冠正笏立談叢
凜凜群驚國士風
却載葛巾従杖屨
直将和氣接兒童

冠《かんむり》を峩《たか》くし笏《しゃく》を正《ただ》して談叢《だんそう》に立《た》てば
凜凜《りんりん》　群《ぐん》は驚《おどろ》く　国士《こくし》の風《ふう》
却《しか》るに葛巾《かっきん》を戴《いただ》けるとき杖屨《じょうく》に従《したが》えば
直《ただ》ちに和気《わき》を将《も》って児童《じどう》に接《せっ》す

冠を被《かぶ》って　笏を持ち　正装して人々と話をすれば
人々はその国士然としたたたずまいに目を見張る
ところがふだん着の頭巾を被って　杖をつき粗末な靴で散歩するのについていくと
先生はにこにこして道端で遊ぶ子どもたちに話しかける

蘇軾の生前の姿は、まさにこの詞が描く風貌そのままだったのでしょう。

暖かい春の日の昼下がり、官服を脱いだ蘇軾が、ふだん着で杖をついて散歩に出ると、子どもたちが寄ってきます。そんな子どもたちと親しげに言葉をかわす蘇軾の姿が目に浮かびます。

◎（注㊾）**張九齢**《ちょうきゅうれい》……六七八〜七四〇年。唐中期の政治家、詩人。字《あざな》は子寿《しじゅ》。韶州曲江県《しょうしゅうきょくこうけん》（現・広東省）出身。玄宗皇帝の信任を得て尚書右丞《しょうしょうじょう》相《じょうしょう》となるも、玄宗皇帝に諫言《かんげん》したため荊州《けいしゅう》に左遷される。引退後は故郷にこもり、詩作や文学史の編纂《へんさん》に尽力した。

（注㊿）**劉安世**《りゅうあんせい》……一〇四八〜一一二五年。字は器之《きし》。大名府元城県《だいみょうふげんじょうけん》（現・河北省邯鄲市《かんたんし》）出身。司馬《しば》光《こう》の推薦により秘書省正字《ひしょしょうせいじ》（宮中図書管理室の文書校正係）に任じられるが、哲宗の親政が始まり、章惇《しょうとん》が宰相に任じられると、これに反対。そのため英州《えいしゅう》、梅州《ばいしゅう》など各地に左遷される。後年に復権し、龍図閣学士《りゅうとかくがくし》（皇帝の諮問に答えて、皇帝とともに議論する役目）となり、七十八歳で没す。

# あとがき

伝記を書く楽しみのひとつは、対象となる人物の記録が欠落している部分を、筆者の想像力で、どう埋め合わせて、その人物の一生を描くかにあります。しかし、蘇軾に関しては、行動の一つひとつに克明な記録が残っており、空白の年月がほとんどないことを今回の執筆を通じて、改めて知ることになりました。本書では、蘇軾の「詩」と「詞」を中心に紹介しましたが、詩だけをとっても一生の詩作は二千四百首で、さらに詞が約三百首と膨大な作品が残っていて、紙幅の関係から、どれを採り上げるか、大いに悩みました。

蘇軾の文学作品は、ほかにも、有名な『前・後赤壁の賦』に代表される「賦《ふ》」や「辞《じ》」、友人に宛てた「書」、「跋《ばっ》文」、あるいは「墓《ぼ》誌《し》銘《めい》」など、多様な作品があり、それらについても詳細な記録が残っています。そうした資料を丹念に読み込むと、その作品を書いた当時の蘇軾の思いが伝わって、より一層、蘇軾が身近に感じられます。

本書には盛り込めませんでしたが、官僚であった蘇軾は流刑や左遷の地に到着すると、「到黄州謝表」、「潮州謝上表」といった具合に朝廷に対し報告をしなければならず、また皇帝や皇后のお祝いごとに対する祝賀文を届けることが通例で、それらの文章も現存しています。

私が参考にしたデジタル版中国国家図書館の『蘇軾集』第六十七巻では、「表状三十三首」として三十三の上表文が記録されています。その多くは、型にはまった文章ですが、蘇軾が厳しい黄州での流刑生活から解放された元豊七年（一〇八五年）に書いた「乞常州居住表」（常州居住を乞《ねが》う表）は、ほかのものとは違っていて私の目を引きました。この上表文では黄州を離れてからの境遇が書かれています。蘇軾一家は、「風濤驚恐《ふうとうきょうきょう》」（風や波にもびくびくして）、「擧家重病」（家族が相次いで重病になり）、「一子喪亡」（子ども一人亡くしている）と窮状を訴えます。同時に、後段では、「私は徐州では洪水と戦い治水工事を仕上げた。また極悪人も何人か逮捕した」と前の任地での活躍ぶりを宣伝して、「ぜひ自分の望みを聞き入れてほしい」と訴えています。蘇軾の意外な一面を垣間見《かいまみ》た気がしました。こうした新たな発見ができたことが私にとって何よりの収穫です。

今回の執筆には足かけ五年を要しています。原稿を書き上げて、改めて自分の浅学非才さを感じました。同時に、そんな私を助けて、本書の出版に多大な貢献をしてくれた古くからの友人でもあるアーク・コミュニケーションズの檜森雅美さん、校閲を担当いただき数々の貴重なご指摘をくださった吉村正さん、出版芸術社の小宮山民人編集長、みなかみ舎の水野秀樹氏にお礼申し上げます。

また、草稿を一読いただき貴重なアドバイスを頂戴した中国芸術研究院名誉教授の龍愁麗女士にも心から感謝いたします。

読者が本書を読んで、蘇軾の人生に興味を持ち、自身がこの困難な時代を前向きに生きる勇気を持っていただけたら私はこのうえなく幸せです。

二〇二〇年十月

海江田万里

# 巻末資料

# 蘇軾年表

| 皇帝 | 年号（西暦） | 年齢 | 事跡 | 主要作品（本書掲載分） | その他事跡 |
|---|---|---|---|---|---|
| 仁宗 | 景祐三年（一〇三六年） | 1 | 十二月十九日（一〇三七年一月八日）、四川省眉山県紗縠行に生まれる。 | | 王安石　十六歳<br>欧陽脩　三十歳 |
| | 宝元二年（一〇三九年） | 4 | 二月、弟・轍（字・子由）生まれる。 | | |
| | 至和元年（一〇五四年） | 19 | 眉州青神の王方の娘・王弗（十六歳）と結婚。 | | |
| | 嘉祐元年（一〇五六年） | 21 | 父、弟と、開封で行なわれた科挙受験。兄弟とも合格。 | | |
| | 嘉祐二年（一〇五七年） | 22 | 正月、殿試に兄弟とも合格。進士となる。<br>四月、母没。服喪のため帰郷。 | | |

| 皇帝 | 年号 | 年齢 | 事績 | 作品 | 時事 |
| --- | --- | --- | --- | --- | --- |
| | 嘉祐四年（一〇五九年） | 24 | 七月、母の喪明ける。<br>十月、長子・邁生まれる。<br>※邁誕生は嘉祐三年との説もある。 | | |
| | 嘉祐五年（一〇六〇年） | 25 | 河南省福昌県の主簿を命ぜられるが赴任せず。制科受検の準備。 | | |
| | 嘉祐六年（一〇六一年） | 26 | 制科試験に兄弟とも合格。大理評事鳳翔府簽判に任ぜられ、十一月赴任。 | 『和子由澠池懐舊』（P19）<br>『辛丑十一月十九日』（P42） | |
| | 嘉祐七年（一〇六三年） | 28 | 大理寺丞を授けられる。 | | 三月、仁宗崩御。<br>四月、英宗即位。 |
| 英宗 | 治平二年（一〇六五年） | 30 | 鳳翔府簽判の職を解かれ入京。直史館に叙せられる。<br>五月、妻・王弗没（二十七歳）。 | | |
| 英宗 | 治平三年（一〇六六年） | 31 | 四月、父・洵没（五十八歳）。服喪のため帰郷。 | | |

| | | | | | |
|---|---|---|---|---|---|
| 英宗 | 治平四年（一〇六七年） | 32 | 服喪。 | | 正月、英宗崩御。神宗即位。 |
| 神宗 | 熙寧元年（一〇六八年） | 33 | 喪が明け開封に向け出発。十月、王閏之を娶る。 | | |
| | 熙寧二年（一〇六九年） | 34 | 二月、入京。直史館判官告院に任ぜられる。 | | 王安石、参知政事となり、新法を進める。 |
| | 熙寧三年（一〇七〇年） | 35 | 次男・迨生まれる。 | | 八月、西夏、宋に攻め込む。 |
| | 熙寧四年（一〇七一年） | 36 | 四月、杭州通判の辞令を受ける。十一月、杭州着任。 | 『臘日游孤山訪惠勤惠恩二僧』（P80）『戯子由』（P92） | |
| | 熙寧五年（一〇七二年） | 37 | 三男・過生まれる。 | | 欧陽脩没（六十六歳）。 |
| | 熙寧六年（一〇七三年） | 38 | | 『飲湖上初晴後雨二首』（P84）『山村五絶』（P95） | |

| | | | | |
|---|---|---|---|---|
| 熙寧七年（一〇七四年） | 39 | 朝雲、蘇家に入る。五月、密州知事を命じられ、十一月着任。 | 『春夜』（P46） | 四月、王安石、宰相を辞める。呂恵卿、参知政事となる。 |
| 熙寧八年（一〇七五年） | 40 | | 江城子『乙卯正月二十日夜記夢』（P31） | 二月、王安石、再び宰相となる。 |
| 熙寧九年（一〇七六年） | 41 | 十二月、祠部員外郎となる。徐州知事を命ぜられる。 | 水調歌頭『丙辰中秋　歡飲達旦　大酔作此篇　兼懐子由』（P21） | 七月、王安石、再び宰相を辞める。 |
| 元豊二年（一〇七九年） | 44 | 二月、湖州知事となり、四月着任。七月、朝政誹謗の罪で逮捕。十二月二十八日まで御史台の獄に入れられる。黄州への流刑。 | 『予以事系御史臺獄　獄吏稍見侵　自度不能堪　死獄中　不得一別子由　故作二詩授獄卒　以遺子由』（P98）『十二月二十八日、蒙恩責授檢行水部員　外郎黄州團練副使　復用前韻二首』（P102） | 王安石、江寧に隠退する。 |
| 元豊三年（一〇八〇年） | 45 | 二月、黄州着。五月、弟・轍、来訪。 | 『初到黄州』（P116） | |

| 皇帝 | 年 | 年齢 | 事項 | 作品 | 歴史事項 |
| --- | --- | --- | --- | --- | --- |
| 神宗 | 元豊五年（一〇八二年） | 47 | 「雪堂」を築き自ら東坡居士と称する。<br>七月、十月、赤壁に遊ぶ。 | 『寒食雨』二首（Ｐ１２７）<br>念奴嬌『赤壁懐古』（Ｐ１４５） | |
| | 元豊六年（一〇八三年） | 48 | 朝雲、四男・遯を生む。 | 『食猪肉』（Ｐ１２４） | |
| | 元豊七年（一〇八四年） | 49 | 正月、汝州団連副使となり、赴任の途中王安石と面会。筠州で轍と面会。遯死去。 | 『過江夜行武昌山聞黄州鼓角』（Ｐ１５６）<br>『次荊公韻四絶』（Ｐ１５９） | |
| | 元豊八年（一〇八五年） | 50 | 五月、朝奉郎となり、登州知事となる。<br>十月、登州着任後数日にして礼部郎中となり京師に召される。<br>十二月、起居舎人となる。 | | 三月、神宗崩御。<br>哲宗即位。<br>宣仁皇太后、政事を司る。 |
| 哲宗 | 元祐元年（一〇八六年） | 51 | 三月、中書舎人となる。<br>九月、翰林学士知制誥となる。<br>十一月、轍、中書舎人となる。 | | 王安石没（六十六歳）。<br>司馬光没（六十八歳）。 |

| | | | | |
|---|---|---|---|---|
| 元祐二年（一〇八七年） | 52 | 十一月、轍、戸部侍郎となる。 | | |
| 元祐四年（一〇八九年） | 54 | 三月、龍図閣学士となり、杭州知事を命ぜられる。<br>七月、杭州着任。轍、翰林学士兼礼部尚書となる。 | | |
| 元祐五年（一〇九〇年） | 55 | 杭州で大規模な灌漑工事を行ない、蘇堤を築く。轍、御史中丞となる。 | 『再和楊公済梅花十絶』（P166） | |
| 元祐六年（一〇九一年） | 56 | 三月、杭州離任、京師に戻り翰林学士承旨となる。<br>八月、龍図閣学士となり、潁州知事に任ぜられる。<br>九月、潁州着任。 | | |

| | | | | | |
|---|---|---|---|---|---|
| 哲宗 | 元祐七年（一〇九二年） | 57 | 二月、揚州知事を命ぜられる。<br>三月、揚州着任。<br>九月、京師に召され兵部尚書となる。<br>十一月、礼部尚書となる。轍、門下侍郎となる。 | 『雙石』（P170） | |
| | 元祐八年（一〇九三年） | 58 | 八月、妻・王閏之没（四十六歳）。<br>九月、定州知事を命ぜられる。 | | 九月、哲宗親政。 |
| | 紹聖元年（一〇九四年） | 59 | 四月、英州知事に左遷。<br>八月、恵州に流刑。轍、筠州に左遷。 | 『慈湖夾阻風』五首（P179）<br>『八月七日初入贛過惶恐灘』（P180）<br>『十一月二十六日　松風亭下梅花盛開』（P184） | |
| | 紹聖二年（一〇九五年） | 60 | | 『食茘支』二首（P187）<br>『和陶歸園田居六首』（P206） | |

| | | | | |
|---|---|---|---|---|
| 紹聖三年（一〇九六年） | 61 | 七月、朝雲没（三十四歳）。 | 『悼朝雲』（P193） | |
| 紹聖四年（一〇九七年） | 62 | 四月、瓊州別駕、昌化軍行きを命じられる。同時に轍も雷州に流される。兄弟で雷州まで同行。<br>六月、海を渡り海南島の儋州に到着。 | | |
| 元符三年（一一〇〇年） | 65 | 五月、大赦。<br>七月、廉州に移る。<br>八月、舒州団連副使永州安置。<br>十一月、朝奉郎に復し、提挙成都玉局観となる。 | 『汲江煎茶』（P154）<br>『澄邁驛通潮閣』（P217） | 正月、哲宗崩御。徽宗即位。 |
| 徽宗 | | | | |
| 建中靖国元年（一一〇一年） | 66 | 正月、虔州に至る。<br>五月、真州に至る。病に冒される。<br>七月二十八日、常州にて没す（享年六十六）。 | 『自題金山畫像』（P225） | |

主な参考図書（順不同）　◇は邦書、◆は漢語書籍、◎はインターネット

◇『宋詩概説』吉川幸次郎著、岩波書店、中国詩人選集第二集1
◇『蘇軾上・下』小川環樹注、岩波書店、中国史人選集第二集5・6
◇『蘇東坡　上・下』林語堂著、合山究訳、講談社、学術新書
◇『中国の歴史』⑧陳舜臣著、平凡社
◇『人物中国の歴史』⑦中国のルネッサンス、集英社
◇『王安石』清水茂注、岩波書店、中国詩人選集二集4
◇『李煜』、村上哲見注、岩波書店、中国詩人選集16
◇『黄庭堅』荒井健注、岩波書店、中国詩人選集第二集7
◇『陶淵明伝』吉川幸次郎著、中央公論社、中公文庫
◇『陶淵明全集上・下』松枝茂夫・和田武司訳注、岩波書店、岩波文庫
◇『乱世の詩人たち』松本一男著、徳間書店
◇「漢詩を作る」石川忠久、大修館、あじあブックス
◇『漢詩と人生』石川忠久、文春文庫
◇『中国古典詩聚花』（政治と戦乱）、前野直彬監修、小学館
◇『中国古典詩聚花』（友情と別離）、前野直彬監修、小学館
◇『書道史謎解き三十話』魚住和晃著、岩波書店
◇『説き語り中国書史』石川九楊著、新潮選書

◇『神品至宝』台湾国立故宮博物院特別展図録
◇『中日辞典』第三版、小学館
◆『蘇東坡伝』林語堂著、張振玉訳、湖南人民出版社
◆『蘇軾伝』王水照・崔銘共著、天津人民出版社
◆『蘇軾詩文鑑賞辞典上・下』上海人民出版社
◆『東坡楽府箋』朱孝蔵校注、人民文学出版社
◆『蘇軾詩詞選』陳迩冬選注、人民文学出版社
◆「蘇軾詞選」劉石評注、人民文学出版社
◆『中国古典詩詞』王成綱主編、九州出版社
◆『古詩名編』王清淮編著、中国発展出版、
◆『詩与画・唐宋詞三百首』上海辞書出版社
◆『蘇東坡詩伝』何灝著、長江文芸出版社
◆『簡明中国歴史地図集』中国社会科学院主辦
◎デジタル版中国国家図書館『蘇軾集』
◎松岡正剛の千夜千冊『蘇東坡　上下』
◎大阪府立大学学術情報リポジトリ「蘇軾の妻妾に対する観念」林雪云
◎HP詩詞世界　碇豊長の詩詞　全二千四百首詳註
◎なお、人名の注に関して、ウイキペディアを参考にした部分があります。
著者、論文の執筆者をはじめ関係の皆さまに感謝します。

**海江田万里**（かいえだ・ばんり）

一九四九年東京生まれ。一九七二年慶應義塾大学卒業。経済評論家としてテレビ、ラジオ、新聞、雑誌などで活躍。一九九三年衆議院議員選挙に初当選。二〇一一年経済産業大臣のときに東日本大震災、原発事故に遭遇。衆議院財務金融委員長、決算行政監視委員長などを歴任。名前の「万里」は「万里の長城」に因んで名付けられた。一九七五年から中国研究所で中国語の勉強をはじめ、一九七五年の初訪中以降一〇〇回以上にわたって中国を訪問。中国の政・官・財界に多くの友人を持つ。自ら漢詩をつくるなど中国文化にも造詣が深い。公益財団法人日中友好会館評議員、一般社団法人日中国際交流協会会長などを務める。中国関係の著書は『海江田万里の音読したい漢詩・漢文傑作選』（小学館）、『人間万里塞翁馬』（双葉社）などがある。

逆境の時代を生き抜く力
蘇軾 その詩と人生

二〇二〇年十一月二十日　第一刷発行

著　者　海江田万里
発行者　松岡佑子
発行所　株式会社 出版芸術社
〒一〇二-〇〇七三
東京都千代田区九段北一-一五-一五　瑞鳥ビル
TEL　〇三-三二六三-〇〇一七
FAX　〇三-三二六三-〇〇一八
URL　http://www.spng.jp/

カバーデザイン・組版　石田嘉弘（アズール図案室）
印刷・製本　中央精版印刷株式会社


ISBN978-4-88293-535-3